KNAUR

Über den Autor:

Kevin Hearne, geboren 1970, lebt in Arizona und unterrichtet Englisch an der Highschool. Sein Debüt *Die Chronik des Eisernen Druiden* stand monatelang auf der *New York Times*-Bestsellerliste und war weltweit erfolgreich. *Do not eat!* ist sein erster Science-Fiction-Roman voller Humor und perfekt für alle, die Monty Python und Douglas Adams lieben. In *Fintans Sage* entführt uns Kevin Hearne in eine Welt voller tödlicher Magie, mit abenteuerlichen Questen, politischen Intrigen, angriffslustigen Hornissen, Senf – und einem Barden, der Geschichten erzählt.

KEVIN HEARNE

DO NOT EAT!

Wie ein T-Shirt mich vor Aliens bewahrte

Aus dem amerikanischen Englisch
von Urban Hofstetter

KNAUR

Die amerikanische Originalausgabe erschien 2021 unter dem Titel »A Question of Navigation« bei Subterranean Press, Burton, Michigan.

Mit einer Leseprobe aus Kevin Hearne: »Das Spiel des Barden. Fintan Sage 1«, übersetzt von Urban Hofstetter. Redaktion: Hannah Brosch. Mit Illustrationen von Yvonne Gilbert. Knaur Taschenbuch, 2019, München, mit freundlicher Genehmigung der Verlagsgruppe Droemer Knaur, 16,99 € (Paperback), 12,99 € (E-Book). Die amerikanische Originalausgabe erschien 2017 unter dem Titel »A Plague of Giants. Book One of The Seven Kennings« bei Orbit.

Besuchen Sie uns im Internet:
www.knaur.de
Facebook: https://www.facebook.com/KnaurFantasy/
Instagram: @KnaurFantasy

Aus Verantwortung für die Umwelt hat sich die Verlagsgruppe Droemer Knaur zu einer nachhaltigen Buchproduktion verpflichtet. Der bewusste Umgang mit unseren Ressourcen, der Schutz unseres Klimas und der Natur gehören zu unseren obersten Unternehmenszielen. Gemeinsam mit unseren Partnern und Lieferanten setzen wir uns für eine klimaneutrale Buchproduktion ein, die den Erwerb von Klimazertifikaten zur Kompensation des CO_2-Ausstoßes einschließt. Weitere Informationen finden Sie unter: www.klimaneutralerverlag.de

FSC www.fsc.org MIX Papier aus verantwortungsvollen Quellen FSC® C019821

Deutsche Erstausgabe Juni 2022
Knaur HC

Redaktion: Andreas Decker
Covergestaltung: Carola Bambach
Satz: Adobe InDesign im Verlag
Druck und Bindung: C.H. Beck, Nördlingen
Printed in Germany
ISBN 978-3-426-22739-8

2 4 5 3 1

TAG 2, LABOR DAY, 5. SEPTEMBER 2022

Sie haben mich gestern entführt, und ich bin mir nicht sicher, wie genau meine Zeitmessung ist. Die Schiffstage unterscheiden sich bestimmt von den Erdtagen – sie verwenden nicht einmal die gleichen Zeiteinheiten wie wir und haben auch keinen Planeten, der sich innerhalb von vierundzwanzig Stunden einmal um die eigene Achse dreht. Außerdem wird die Zeitdilatation zunehmen, während wir uns der Lichtgeschwindigkeit annähern. Daher spielt es wahrscheinlich keine Rolle, welcher Wochentag gerade ist. Über das Datum kann ich mir wieder Gedanken machen, wenn ich es je zur Erde zurückschaffe.

Hier ist eine Liste der Dinge, über die ich mir derzeit stattdessen Sorgen mache:

- Sondenuntersuchungen und ...
- Äh, das ist eigentlich schon alles. Nur Sondenuntersuchungen.

Emily hat versprochen, dass sie mich nicht fressen werden, und damit fürchte ich mich im Augenblick bloß vor:

- Sondenuntersuchungen

Vor allem weil ich Emily auf das Thema angesprochen habe und sie mir bezeichnenderweise auf meine direkten Fragen eine ganze Reihe ausweichender Antworten gegeben hat.

ICH: Werdet ihr mich mit Sonden untersuchen?

EMILY: Unsinn! Was ist das denn für eine Frage?

ICH: Entführungen durch Aliens sind bei uns fast so was wie ein eigenständiges Genre. Und in diesen Geschichten führen die Aliens immer ohne jeden Grund Sondenuntersuchungen an den Menschen durch. Erst ertönt ein schmatzendes Geräusch, dann gibt es jede Menge Geschrei, und wir bekommen Albträume davon. Ich glaube, man kann sagen, dass unsere Spezies eine Urangst davor hat, von anderen intelligenten Lebensformen mit Sonden untersucht zu werden. Schlimmer finden wir nur noch die Vorstellung, von anderen Lebensformen gegessen zu werden, aber du hast mir ja versprochen, dass ihr mich nicht essen werdet.

EMILY: Ja, wir haben beschlossen, dich am Leben zu lassen. Das freut dich doch, oder? Wir haben dir diese schönen Sachen angezogen, auf denen hinten und vorn in unserer Sprache DO NOT EAT – ESSEN VERBOTEN steht.

ICH: Das freut mich sehr. Das ist mein Ernst, danke! Und die Klamotten gefallen mir. Aber kannst du mir auch versprechen, dass ihr mich nicht mit Sonden untersuchen werdet?

EMILY: Ich weiß nicht einmal genau, was das für Untersuchungen sein sollen, und irgendwie habe ich jetzt die Befürchtung, dass wir nicht deinen Erwartungen genügen. Was verursacht dieses schmatzende Geräusch?

ICH: Moment mal. Du weißt ganz genau, was Sondenuntersuchungen sind. Ich weiß, dass ihr meine Sprache fließend sprecht, und ich will von dir hören, dass ihr mir keine Sonde einführt.

EMILY: Weißt du was, Clint, das klingt wirklich wichtig, und ich will nichts falsch machen, nur weil ich etwas nicht ganz genau verstehe. Darauf kommen wir später noch mal zurück.

ICH: Was? Nein, Emily, es gibt *nichts,* was man an einer Sondenuntersuchung missverstehen könnte!

EMILY: Bis nachher.

Verdammt! Sie werden mich mit Sonden untersuchen.

Ich kann keine Notizen auf meinem Handy machen, da sie es mir weggenommen haben. Aber es war ohnehin leer, und auf dem Schiff gibt es keine kompatiblen Ladegeräte. Dafür hat Emily mir einen Stapel Notizbücher und Stifte gegeben, die sie irgendwo geklaut haben. Sie hat gesagt, dass ich alles aufschreiben soll, was mir durch den Kopf geht. Ich glaube nicht, dass sie meine Privatsphäre respektieren werden, also: Hallo, Emily, oder wer immer von euch das hier liest. Vielen Dank, dass ihr mich nicht esst. Das weiß ich wirklich zu schätzen.

Aber ich will aufschreiben, wie ich hierhergekommen bin, bevor mein Terminplan mit Sondenuntersuchungen gefüllt ist und ich mich nicht mehr daran erinnere, weil sie mir das Gehirn entfernt haben.

Derek und ich waren gerade zum ersten Mal seit dem Ende der Pandemie im Rocky Mountain National Park wandern. Auf dem Bierstadt Trail stießen wir auf zwei Mädchen, die aussahen, als wären sie keine zehn Jahre alt. Sie waren ohne erwachsene Aufsichtspersonen unterwegs. Zumindest konnten wir auf dem Pfad hinter ihnen niemanden entdecken, und uns war auch keiner entgegengekommen.

Eine von ihnen war weiß. Sie trug ein T-Shirt mit einem rosafarbenen Einhorn darauf. Die Baseballkappe auf ihren langen blonden Haaren und ihre Jeans waren ebenfalls pink. Das andere Mädchen war nicht weiß. Auf ihren glatten dunklen Haaren saß eine schwarze Kappe der Colorado Rockies. Mit den beiden stimmte etwas nicht – ihre Augen waren ein bisschen zu groß.

Das Einhornmädchen deutete auf uns. »Schau mal, da sind zwei. Kann ich einen von ihnen haben?«

»Vielleicht«, sagte ihre Begleiterin. Sie betrachtete den Pfad hinter uns und warf einen kurzen Blick über die Schulter, bevor sie uns ansprach: »Hallo.«

»Hallo«, erwiderten wir, und ich fragte: »Wo sind denn eure Eltern?«

Das Einhornmädchen schaute ihre Freundin an. »Wieso fragt er uns nach unseren Eltern?«

»Das ist mir schon ein paarmal passiert. Wir wirken wie Kinder auf sie, und das weckt ihre Beschützerinstinkte.«

Das Einhornmädchen sah verblüfft aus. »Das ist ja eine ziemlich eklatante Fehleinschätzung.«

»Es ist vor allem eine glückliche Fügung. Wir kommen ihnen nicht bedrohlich vor. Sie sind in unserer Gegenwart nicht vorsichtig und machen sich weder zum Kampf noch zur Flucht bereit. Siehst du? Sie stehen einfach nur dumm rum.«

Das erste Mädchen schaute uns erneut an, um zu überprüfen, ob diese Aussage stimmte. »Hmm. Du scheinst recht zu haben.«

Die Art, wie die beiden miteinander sprachen, war mir sofort unheimlich, und ich zupfte an Dereks Ärmel, um ihn zum Weitergehen zu bewegen. Doch entweder spürte er die schlechten Vibes der beiden nicht, oder es war ihm egal, denn er fragte: »Habt ihr euch verlaufen? Wo wolltet ihr denn hin?«

»Genau hierher«, erwiderte das Einhornmädchen. »Jetzt ist meine Essenszeit. Welchen soll ich nehmen, Emily? Kann man von außen erkennen, wer von ihnen besser schmeckt?«

»Reiß dich zusammen und hab etwas Geduld«, sagte Emily mit leicht vorwurfsvoller Miene. Dann drehte sie sich zu uns um und bedachte uns mit einem Lächeln, das vermutlich charmant und beruhigend wirken sollte, aber es sah so aus, als hätte sie mehrere Zahnreihen im Mund. »Hat einer von euch einen Universitätsabschluss?«

»Ja, wir beide«, antwortete Derek. »Geht es dir gut? Was ist mit deinen Zähnen passiert?«

Emily ignorierte die Gegenfrage und hakte nach. »In welchen Fächern?«

»Anglistik«, sagte Derek.

Emilys zu große Augen verengten sich, und ihr Lächeln verblasste. »Verstehe. Und du?«

»Physik«, sagte ich.

Ihre vielen Zähne blitzten erneut auf. »Ah! Physik! In deinem Wissen klaffen vermutlich peinliche Lücken, aber damit können wir etwas anfangen.« Sie drehte sich zum Einhornmädchen um und deutete mit einer wegwerfenden Handbewegung auf Derek. »Du kannst den Anglisten haben, Janelle.«

»Hey, was?«, fragte Derek.

»Ja! Endlich!« Janelle nahm die Kappe mitsamt ihren Haaren ab. Das ganze Ding war eine Perücke gewesen, und darunter verbarg sich …

O SCHEISSE …

TAG 3, 6. SEPTEMBER. ICH GLAUBE, SIE LÜGEN

Gestern hat Emily mich auf die schlimmstmögliche Weise unterbrochen. Während ich gerade schrieb, betrat sie den kleinen Raum, in dem man mich untergebracht hat. Sie entblößte die spitzen Zähne zu diesem Lächeln, das sie für gewinnend und unschuldig hält, bei dessen Anblick mir jedoch immer ein kalter Schauder über den Rücken läuft. »Sag mal, Clint, wie wäre es, wenn wir dir versprechen, dass es keine schmatzenden Geräusche und damit auch keinen Grund zum Schreien gibt? Wir werden ganz sanft sein. Wäre das in Ordnung für dich?«

»Nein! Das wäre überhaupt nicht in Ordnung! Ich will nicht untersucht werden!«

»Aber ich habe dich so verstanden, dass ihr vor allem vor dem Schmatzen Angst habt. Stimmt das etwa nicht?«

»Doch, aber mir geht es nicht um irgendwelche Kompromisse, was das Geräusch anbelangt. Es ist nicht die Methode, die uns so erschüttert, sondern die Untersuchung an sich. Die Gewaltanwendung.«

»Wir wollen dir keine Gewalt antun. Wir werden uns nur mit dir unterhalten und dabei deine Gehirnaktivitäten aufzeichnen.«

»Sprechen wir von einer passiven Überwachung, oder wollt ihr irgendetwas mit meinem Gehirn anstellen?«

»Nein, gar nicht. Das Gerät funktioniert wie ein Elektroenzephalograf. Sagt dir das was?«

»Ja.«

»Großartig! Dann musst du dir ja keine Sorgen mehr machen.«

»Na ja, ihr habt mich entführt, und ich befinde mich auf einem Schiff voller Aliens, denen man extra sagen muss, dass sie mich nicht essen sollen, wenn sie mich sehen. Das finde ich schon ziemlich besorgniserregend.«

»Ach, Clint. Sei doch nicht albern. Ich kann dir versichern, dass du absolut sicher bist.«

»Und wenn ich mich weigere?«

»Dann muss ich dich leider zu ›Nahrung‹ umetikettieren.«

»Ist das dein Ernst?«

»Ich mache nur Spaß! Ha, ha. Aber nicht die Zusammenarbeit verweigern, okay?« Sie hatte wirklich mehrere Zahnreihen im Mund. In meinem Hals bildete sich ein harter Kloß.

»Okay.«

»Danke. Komm mit.«

Sie führte mich hinaus und ging nach links in einen dunkelgrauen Flur, der aus demselben allgegenwärtigen Verbundmaterial bestand wie meine Unterkunft. Die gesamte Inneneinrichtung war zweifellos auf die Bedürfnisse der Aliens abgestimmt, hätte aber auch für Menschen geschaffen worden sein können.

Nachdem wir ein paarmal abgebogen waren, gelangten wir in einen Raum, in dem sich mehrere Leute mit weißen Laborkitteln und Baseballkappen aufhielten. Auf den ersten Blick wirkten sie wie menschliche Erwachsene, doch auch sie hatten zu große Augen und auffällig spitze Zähne. Da stand ein Sitzmöbel, das wie ein Zahnarztstuhl aussah, außerdem waren da einige Gerätschaften, die medizinischen Zwecken zu dienen schienen.

»Mach dich bitte frei«, sagte Emily.

»Ich soll mich ausziehen? Wozu das denn? Du hast doch gesagt, dass ihr nur meine Gehirnströme überwachen wollt.«

»Dann haben wir es leichter, falls weiterführende Tests nötig sind. Zieh die Sachen aus.«

»Aber ich mag sie. Vor allem weil hinten und vorn ESSEN VERBOTEN draufsteht.«

»Nun, da kann ich dich beruhigen. Hört mal alle her, das ist Clint. Ich will, dass ihr ihm feierlich schwört, ihn nicht zu essen, damit wir in kooperativer Atmosphäre weitermachen können.«

Eine Außerirdische, die wie eine Lateinamerikanerin aussah, stellte sich als Maria vor und versprach, mich nicht zu essen.

Ein Mann, der so schwarz war wie ich, sagte, sein Name sei Antoine und dass er in den nächsten Tagen keinen Hunger haben würde.

Der dritte nannte sich Achmed und schien arabischer Herkunft zu sein. Er schwor ebenfalls, mich nicht zu essen.

Sie wirkten zwar ganz normal, doch ich wusste, was sich unter ihren Kappen verbarg und dass sie sich von Menschen ernährten.

»Vielen Dank euch allen!«, sagte Emily. »Zieh dich aus, Clint.«

Ich traute ihnen nicht über den Weg, hielt es aber für minimal sicherer, bei ihrem Spiel mitzumachen, als mich zu weigern und als Nahrung gekennzeichnet zu werden. Also entkleidete ich mich und nahm auf dem Stuhl Platz. Maria und Achmed begannen, Sensoren an meinem Kopf zu befestigen, während Antoine und Emily ein wenig abseits standen und auf ihre Tablets schauten. Da sie sich nicht voller Schadenfreude die Hände rieben, würde es vielleicht doch gar nicht so schlimm werden.

Ich sah Maria und Achmed an. »Darf ich euch etwas fragen?«

»Na klar«, erwiderte Achmed, während er mir einen Sensor an die Schläfe klebte. »Schieß los.«

»Wir sind auf dem Weg zu eurem Heimatplaneten, richtig? Also jetzt, in diesem Moment.«

»Das stimmt.«

»Da sich die Schwerkraft an Bord ziemlich normal anfühlt, erzeugt ihr sie entweder künstlich oder wir beschleunigen konstant mit einem G.«

»Richtig. Letzteres stimmt. Oder ist zumindest ganz nahe dran. Die Gravitation auf unserem Planeten beträgt 89 Prozent von eurer. Wir beschleunigen also mit etwas weniger als einem G.«

»Okay, und weshalb habt ihr immer noch eure menschlichen Gestalten? Wieso haltet ihr diese Illusion aufrecht?«

Darauf antwortete Maria: »Euretwegen. Wir haben herausgefunden, dass unsere natürliche Gestalt den Menschen Angst macht, und das wäre kontraproduktiv. Schau mal, wie kooperativ du dich verhältst. So ist es für uns alle am besten.«

Achmed schnaubte. »Das stimmt. Stell dir nur mal

vor, wie sie im Proviantlager ausflippen würden, wenn wir nicht …«

»Achmed«, fiel Emily ihm ins Wort. »Sei nicht so unhöflich zu unserem Gast.«

»Entschuldige, Emily«, entgegnete er verlegen.

»Proviantlager?«, fragte ich.

»Er hat nicht von dir gesprochen, Clint! Keine Sorge!«

»Wer seid ihr überhaupt? Während der Entführung war ich so sehr damit beschäftigt, nicht zu sterben, dass wir uns noch gar nicht richtig vorgestellt haben. Ich kenne die menschlichen Namen, die ihr euch gegeben habt – übrigens, Hut ab, ihr habt euch wirklich ein paar sehr unauffällige ausgesucht –, aber darf ich erfahren, wer ihr wirklich seid? Auf was für einer Mission befindet ihr euch eigentlich?«

»Natürlich darfst du«, sagte Emily, während Maria und Achmed ihre Arbeit beendeten und von mir wegtraten, um die Anzeigen auf einer Instrumentenkonsole zu überprüfen.

»Wir müssen einen Testlauf machen«, verkündete Maria.

»Ich werde dir alle Fragen beantworten, Clint«, erklärte Emily, »aber bevor wir zu den wirklich spannenden Themen kommen, wird Antoine dich erst noch ein paar langweilige Sachen fragen, okay?«

»Okay.« So funktionierten auch Lügendetektortests. Damit kam es mir zwar nicht normal, aber immerhin vertraut vor. Ich war mir ohnehin ziemlich sicher, dass ich eine ganze Weile lang keinen normalen Tag mehr erleben würde – vielleicht nie wieder.

Sie fragten mich nach meinem Geburtsort, meiner Lieblingsfarbe, dem Mädchennamen meiner Mutter und so weiter, bis Maria schließlich verkündete, dass sie nun alles Nötige habe.

»Wunderbar«, sagte Emily. »Dann werde ich jetzt deine Frage beantworten, Clint. Wir stammen aus einem Sonnensystem, das rund achthundert Lichtjahre von der Erde entfernt ist. In ein paar Tausend Jahren wird unsere Sonne ihren Wasserstoff aufgebraucht haben und anfangen, sich auszudehnen. Da das Verfallsdatum unseres Heimatplaneten unerbittlich näher rückt, halten wir nach einem neuen Wohnort Ausschau. Unser Schiff ist Teil einer groß angelegten Langstreckenerkundungsmission, und zum Glück hat euer Planet vor ungefähr hundert Jahren damit begonnen, Funksignale zu senden. Als wir sie abfingen, waren wir gerade zu einem nahe gelegenen Sonnensystem unterwegs, das eure Astronomen Trappist nennen. Wir haben fix den Kurs geändert, um euren Übertragungen nachzugehen. Und jetzt sind wir kurz davor, unsere Mission erfolgreich abzuschließen: Die Erde ist ein bewohnbarer Planet mit einer sehr ergiebigen Nahrungsquelle, und eure Sonne wird sich erst in fünf Billionen Jahren ausdehnen.«

»Interessante Resultate«, murmelte Maria, die auf ihre Instrumente starrte. »Sein Gehirn schüttet große Mengen körpereigener Chemikalien aus.«

»Dann werdet ihr uns also kolonisieren?«, fragte ich.

»Ja!« Emily zeigte triumphierend auf mich und machte eine Siegerfaust. »Deswegen habe ich dich in die Reserve gesteckt, Clint! Du bist wirklich schlau. Sag, habe ich die Faust richtig eingesetzt? Diese menschlichen Gesten sind ungeheuer faszinierend, aber es ist wichtig, dass man sie im richtigen Kontext verwendet.«

»Ja«, flüsterte ich. Das Timing ihrer in die Luft gereckten Faust war mir völlig schnuppe. Meine Atmung ging schneller, und ich versuchte, mich mit ein paar physikalischen Berechnungen abzulenken. »Wir beschleunigen mit knapp einem G. Werden wir das bis zur Hälfte des Wegs tun und dann mit der gleichen Kraft abbremsen?«

»Ja. Wir haben eure Science-Fiction-Serien angeschaut – wobei wir offensichtlich die Folgen mit den Sondenuntersuchungen verpasst haben. Und wir finden sie echt super, aber wir haben keine schicken Wurmlöcher oder Tore zwischen den Sternen. Wir sind lediglich imstande, langfristig zu denken. Und die Probleme mit der Raketentechnik und dem Treibstoff, die eure Wissenschaftler für unüberwindlich halten, sind in Wahrheit kein großes Problem.«

»Ich würde gern erfahren, wie ihr das gemacht habt. Trotzdem werden wir bei konstanter Beschleunigung jahrhundertelang unterwegs sein. Für diese Strecke werden wir ungefähr achthundert Jahre brauchen.«

»Nicht schlecht, Clint! Aber für uns werden wegen der Zeitdilatation subjektiv nur acht Jahre vergehen.«

»Wie dem auch sei … acht Jahre mit konstantem Vortrieb und einem selbsterhaltenden System? Dafür brauchte man enorme Ressourcen.«

»Dann ist es ja gut, dass wir die haben, nicht wahr?«

Ich hatte immer noch keine Ahnung, wie groß dieses Schiff eigentlich war. Als man mich von der Erde fortgeschafft hatte, war mir bloß ein Blick auf das Shuttle vergönnt gewesen, aber nicht auf dieses Mutterschiff. Und seit ich an Bord war, hatte ich nur einen kleinen Teil davon gesehen: meine Unterkunft und das Labor. Aber vielleicht konnte ich mir ja auch auf andere Weise eine Vorstellung von seiner Größe verschaffen. »Erzählt mir von eurem Proviantlager«, sagte ich.

Emily riss überrascht die Augen auf und warf Achmed einen finsteren Blick zu. »Siehst du? Er hat mitbekommen, was du gesagt hast. Und jetzt reitet er darauf herum.«

»Es tut mir wirklich sehr leid«, entschuldigte er sich abermals.

Murrend wandte Emily sich wieder mir zu. »Du hast doch gesehen, was Janelle mit Derek gemacht hat. Dir ist also sicher klar, dass die Menschen für uns so etwas sind wie für euch die Hühner. Willst du es wirklich wissen?«

»Ja, unbedingt.«

Sie zuckte die Achseln und tippte etwas in ihr Tablet ein. »Okay, dann zeige ich dir die Käfige. Die Verarbeitung musst du nicht sehen.« Sie trat vor und drehte das Tablet um, sodass ich einen Blick auf das Display werfen konnte. Es zeigte die Weitwinkelaufnahme eines riesigen Raums mit grauen Wänden. Er war mit lauter nackten und relativ jungen erwachsenen Menschen vollgepackt. Da ich immer noch von der Pandemie geprägt war, dachte ich bei ihrem Anblick sofort an die Ansteckungsgefahr, doch dann wurde mir bewusst, dass Viren gerade ihre geringste Sorge waren. Alle paar Sekunden tippte Emily auf das Tablet, um weitere Bilder dieser Art aufzurufen.

»Mein Gott«, hauchte ich. »Die sind alle an Bord? Wie viele sind das denn?«

»Fünfzigtausend gesunde Menschen, die wir überall auf dem Planeten geerntet haben. Sie befinden sich ein paar Decks unter uns.«

Bei der Vorstellung, dass wir *geerntet* worden waren,

lief mir ein Schauder über den Rücken. »Ihr habt genügend Proviant, um fünfzigtausend Menschen und wie viele auch immer ihr seid acht Jahre lang zu versorgen?«

»Nein, für die Menschen haben wir nur Nahrung für ein paar Wochen an Bord. So lange brauchen wir, um sie alle zu schlachten und einzufrieren. Und dann werden wir uns acht Jahre lang von ihnen ernähren.«

»O Gott. Ihr Monster.«

»Na, na, Clint, nicht pampig werden. Ein bisschen mehr Verständnis erwarte ich schon von dir. Ich bin mir sicher, dass die Tiere auf der Erde die Menschen auch für Monster halten. Du kannst uns doch nicht vorwerfen, dass wir weiter oben in der Nahrungskette stehen als ihr.« Sie drehte sich zu Achmed um. »Ich glaube, er ist so weit.«

»Richtig.« Achmed trat vor und streckte eine Hand nach meinem Schoß aus. Als ich sah, dass er eine Metallklammer hielt, an der ein Draht befestigt war, wollte ich mich instinktiv bedecken. Dabei stellte ich fest, dass ich die Arme nicht von den Lehnen lösen konnte und meine Beine ebenfalls erschlafft waren. Obwohl ich nirgends Fesseln sah, konnte ich mich nicht bewegen.

»Was ist das? Was macht ihr? Nein!«

Achmed befestigte die Klammer an einer sehr empfindlichen Stelle, an der ich auf keinen Fall einen Stromstoß erhalten wollte.

»Au! Emily. Du hast doch gesagt, ihr würdet mir keine Gewalt antun.«

Die Außerirdische in Kindergestalt warf den Kopf in den Nacken und lachte. Dabei sah ich zum ersten Mal all ihre Zähne. Es waren oben und unten jeweils drei Reihen.

Ich werde nicht darauf eingehen, was danach passiert ist. Diese Arschlöcher haben mich tatsächlich mit Sonden untersucht.

***

Was mit Derek geschehen ist, muss ich mir allerdings noch von der Seele schreiben. Beim letzten Mal bin ich dabei unterbrochen worden.

***

Das Einhornmädchen – Janelle – war offenkundig gar kein Mädchen. Als sie Kappe und Perücke abnahm, stieß sie einen Laut aus, der kein Schrei, sondern eher ein hohes Kreischen war, dessen Frequenz fast im Ultraschallbereich lag. Wie einer dieser absichtlich nervenden Alarmtöne, die kein Mensch mit seinen Stimmbändern erzeugen kann.

Und unter der Kappe kam auch kein schöner kahler Kopf zum Vorschein. Der Schädel hatte nicht einmal die gleiche Farbe wie ihre übrige Haut: Er war grau und mit ausfahrbaren Stacheln übersät, die jeweils etwa so dick wie ein Koaxialkabel waren. Als sie Derek mit Anlauf in die Arme sprang, als wäre er ihr Lieblingsonkel, der sie gerade vom Flughafen abholte, stach sie ihm mit diesen Mistdingern mehrfach ins Gesicht.

»Ach du Scheiße!«, sagte er und trat mit dem vermeintlichen Mädchen in den Armen zwei Schritte nach hinten. Im nächsten Moment verkrampften sich all seine Muskeln, da diese Stacheln ein lähmendes Gift enthielten. Er fiel wie ein Kantholz rückwärts um. Er war immer noch bei Bewusstsein und schrie, als Janelle sperrangelweit den Mund aufriss und die Zähne in seiner Brust vergrub.

»Was zum Teufel …? Geh von ihm runter!« Ich holte mit dem Fuß aus, um sie zu treten, doch Emily rang mich zu Boden. Sie war viel schwerer und stärker, als sie aussah.

»Nie beim Essen stören, du Dummerchen.« Sie setzte sich auf meiner Brust auf und nahm ebenfalls ihre Kappe mitsamt den Haaren ab. Ich schlug nach ihrer Schläfe, doch sie packte meine Faust und hielt sie mühelos fest. »Wir reden später weiter.« Ihre grauen Stacheln peitschten auf meine Wangen herab und steckten meine Nervenenden in Brand. Kurz darauf war ich bewegungsunfähig. Doch ich konnte immer noch einwandfrei sehen.

Als Emily sich von mir herunterwälzte, blickte ich zu den Espen hinauf. Ich hätte das sanfte Flüstern des Windes in ihren Wipfeln wesentlich mehr genossen, wenn ich nicht gleichzeitig hätte mit anhören müssen, wie Janelle direkt neben mir Derek fraß. Seine Schreie waren schwach und abgehackt, und irgendwann verstummte er. Doch das Kauen und Schlucken nahm kein Ende.

Ich konnte nicht sprechen, sondern nur verzweifelte Laute ausstoßen. Also tat ich das auch. Derek und ich waren zusammen aufgewachsen und an die Universität von Boulder gegangen. Wir waren beide werdende Väter, und unsere Frauen, Letitia und Candace, hingen in Estes Park zusammen ab, während wir hier wanderten. An der Hauptstraße dieses Städtchens gab es mehrere Läden, die drollige Karamellbonbons verkauften. Ich hatte mich darauf gefreut, mir welche zu besorgen. Wir waren zu einem schicken Abendessen im Stanley Hotel verabredet. Doch jetzt war Derek das Mittagessen irgendeines Monsters, und ich würde wahrscheinlich der Nächste sein.

Plötzlich drang Emilys Stimme an mein rechtes Ohr. Da ich meine Augen nicht bewegen konnte, sah ich sie nicht, aber sie musste dicht neben mir sein. »Du weißt ja sicher, wie es jetzt weitergeht, oder?«, fragte sie. »Du hast zu viel gesehen. Danach gibt es für dich kein Zurück. Du kannst nur nach vorn schauen. Und *vorn* kann vieles bedeuten. Wir könnten dich zum Beispiel auch essen und später ausscheißen, und das wäre dann das Ende deiner Geschichte. Oder du schließt dich uns an und wirst einer der ersten Menschen, die zwischen den Sternen reisen – und siehst Dinge, die du ansonsten niemals sehen würdest. Klingt das nicht besser? Und dafür musst du nur geduldig warten, bis das Gift abgebaut ist, und mit uns kooperieren, sobald du dich wieder bewegen kannst. Mit *kooperieren* meine ich, dass du nicht die Flucht ergreifst oder dich wehrst. Wir würden dich einfach wieder betäuben, und dann schleifen wir dich hinter uns her, und du hast Kies in der Arschritze. Schon mal Kies in der Arschritze gehabt? Das ist das Allerschlimmste. Wie schlimm, checkst du erst, wenn du es selbst spürst. Das gehört zu den Erfahrungen, die man selbst machen muss, verstehst du? So, wie man hören muss, wie der Freund direkt neben einem verspeist wird.

Hättest du diese Erfahrung nie gemacht und ich würde einfach behaupten, etwas anderes sei genauso schlimm, hättest du dafür bestenfalls ein Achselzucken übrig. Klingt ja eklig, würdest du sagen, und damit wäre die Sache für dich erledigt. Aber jetzt weißt du, wie schlimm das ist, und damit haben diese Worte ein ganz anderes Gewicht für dich. Also glaube mir, wenn ich dir sage: Du weißt nicht, wie es ist, Kies in der Arschritze zu haben. Und du willst es *ganz sicher* niemals herausfinden.«

Ich wusste nicht, was ich darauf erwidern sollte. Ich trauerte um Derek und meine verlorene Zukunft. Der Quantenphysik zufolge gibt es mindestens eine Zeitachse, auf der mir das nicht zugestoßen ist. In dieser Realität haben wir einen anderen Pfad gewählt und sind in seliger Unwissenheit zu unseren Hotels, unseren Frauen und unseren Leben zurückgekehrt. Ich befand mich jedoch auf einer Zeitachse, wo die Kacke am Dampfen war. Und ich hatte keine Möglichkeit, ihr zu entkommen.

»Bist du endlich satt?«, fragte Emily das Einhornmädchen.

Die Kau- und Schlürfgeräusche verstummten. »Noch nicht.«

»Beeil dich. Es werden noch mehr Wanderer kommen.«

Davon ging ich auch aus, da zahlreiche Besucher im Park unterwegs waren. Es war das Labor-Day-Wochenende und jetzt, da man wieder verreisen konnte, der krönende Abschluss der Tourismussaison.

Und tatsächlich kamen, während Janelle noch immer mit Derek beschäftigt war, vier Wanderer des Wegs. Emily lähmte sie, bevor sie den Mord melden konnten. Ein Stück den Pfad hinunter erklangen ihre entsetzten Schreie, ehe sie dumpf auf dem Boden aufschlugen.

»Mehr schaffen wir nicht«, rief Emily. »Du musst jetzt aufhören, ob du fertig bist oder nicht.«

»Na gut, ich bin fertig«, nuschelte Janelle mit vollem

Mund. »Ich bin *richtig* satt. Aber sie schmecken so unglaublich gut, wenn sie frisch sind. Ich fand das Tiefkühlzeug schon abartig gut, aber oh! Mmh. Donnerwetter, wie die Menschen früher gesagt haben. Es gibt nichts Köstlicheres.«

»Deswegen haben wir dich mit nach unten genommen. Jeder muss sie zumindest einmal frisch kosten. Und jetzt werde den Kadaver los.«

Ich war froh, nicht mitansehen zu müssen, wie Janelle Dereks sterbliche Überreste fortschaffte, aber ich hörte, wie sie ihn hinter mir vorbeischleifte und dann den Hang hinunterrollen ließ. Wir befanden uns in einer Kurve in einem ziemlich steilen Abschnitt des Pfades.

Aus den Augenwinkeln sah ich, wie Emily einen Zwanzig-Liter-Eimer hinter einem Felsbrocken hervorholte und seinen Inhalt auf die Stelle leerte, an der Derek getötet worden war. Er enthielt Staub und Kiefernnadeln, die das Blut banden und bedeckten. Damit stand fest, dass sie diesen Hinterhalt geplant hatten.

Der Staub ließ mich niesen, und mein Gesicht begann zu prickeln, während ich die Kontrolle über die Muskeln zurückgewann. Zudem brannten erneut die Einstichstellen auf meinem Gesicht, die ich zwischenzeitlich kaum noch gespürt hatte. Ich stöhnte gequält.

»Fühlst du wieder den Schmerz? Gut. Das Gift zersetzt sich, und du wirst dich schon bald wieder bewegen können. Bislang kannst du noch keine Worte sagen oder nicken, aber ich werde dir einfache Ja-Nein-Fragen stellen und du antwortest mit *iiiii* für ja und *ooooo* für nein. Hast du das verstanden?«

»Iiiii.«

»Toll. Als Erstes müssen wir klären, ob du leben willst

oder nicht. Die Entscheidung liegt ganz bei dir. Möchtest du gern weiterleben?«

»Iiiii.«

»Toll! Das freut mich. Sobald du aufstehen kannst, gehst du geradewegs den Hügel hinauf. Nicht laufen. Und auch nicht schreien. Einfach nur den Hügel rauf. Wir sind viel flinker und stärker als du und werden schnell sauer, wenn unsere Beute flieht. Rennen wäre also eine schlechte Idee. Wenn du aber einfach gehst und wie besprochen mit uns kooperierst, geschieht dir nichts. Das verspreche ich dir. Und irgendwann wirst du vielleicht sogar wieder glücklich. Dein Leben wird anders sein als bisher, aber gut.«

Das bezweifelte ich. Von was für einem Leben sprach sie? Als Laborratte? Als Zootier? So oder so würde ich ganz bestimmt nicht frei sein.

»Dann werde ich dir jetzt zwei Fragen stellen. Erstens: Waren meine Anweisungen klar?«

»Iiiii.«

»Super. Und zweitens: Wirst du kooperieren?«

»Iiiii.«

»Das hoffe ich auch sehr. Ihr Menschen seid nämlich nicht nur köstlich, sondern auch extrem witzig, und ich unterhalte mich gern mit euch. Empfindet ihr eigentlich genauso für Kühe? Nein – tut mir leid, das war jetzt unsensibel. Ich möchte mich für die Frage entschuldigen. Okay. Ich lasse dich jetzt allein, um die anderen Wanderer zu holen, aber wir werden dich im Auge behalten. Du wirst dich schon bald wieder bewegen können. Geh dann einfach den Hang hinauf.«

Als sie weg war, musste ich mich entscheiden, ob ich *wirklich* mit ihnen kooperieren wollte. Wenn man im gelähmten Zustand von einer außerirdischen Mörderin gefragt wird, ob man zur Zusammenarbeit bereit sei, sagt man natürlich auf jeden Fall erst mal Ja.

Davonrennen und gegebenenfalls kämpfen war natürlich eine Option. Schließlich musste ich nur auf die Schädelstacheln aufpassen, oder? Vielleicht konnte ich sie mit meinem Rucksack abwehren und die Scheiße aus ihnen herausprügeln. Diese Geschöpfe bewegten sich tatsächlich entsetzlich schnell, und sie waren ohne Zweifel sehr stark. Man kann sich leicht einreden, man könnte jemandem den Hintern versohlen – bis sich das Blatt plötzlich wendet und man selbst Dresche bezieht.

Meines Erachtens lauerten diese Aliens bereits seit Längerem Menschen auf. Wahrscheinlich schon den ganzen Sommer. Sie wussten präzise, wie lange das Gift wirken würde: Kurz nachdem Emily aus meinem Blickfeld verschwunden war, konnte ich mit den Fingern und Zehen wackeln. Und da sie auf ihrem Schiff – von dessen Existenz ich ausging, weil Emily diese Janelle *mit nach unten* genommen hatte – tiefgekühlte Menschen fraßen, ernährten sie sich wahrscheinlich schon seit einer ganzen Weile von uns.

Ich könnte als Nächster gefressen und genau wie Derek – soweit noch vorhanden – den Hang hinabgeworfen werden.

Oder ich lebte weiter und fand heraus, was das für ein Leben war, das Emily mir anbot. Ich würde auf diese interstellare Reise gehen, von der sie gesprochen hatte. Vielleicht würde sie ganz wunderbar werden. Oder noch schlimmer, als bei lebendigem Leib gefressen zu werden. Es gab wohl nur eine Möglichkeit, das herauszufinden.

Wenn ich mit ihnen kooperierte und einfach verschwand, würde eines Tages irgendwer Derek finden, mich aber nicht. Man würde glauben, ich hätte Derek getötet und mich anschließend aus dem Staub gemacht. Auf die Möglichkeit, dass Aliens ihn gefressen und mich entführt haben könnten, würde ganz sicher niemand kommen.

Würde man in Dereks Wunden nach DNS-Spuren suchen? Was würde man finden? Vielleicht würde wie im Fernsehen irgendein Typ mit Brille und näselnder Nerd-Stimme zu einem Polizisten sagen: »Die Resultate sind wirklich bizarr, Sir. Das Genmaterial stammt nicht von der Erde …«

Die Aliens hatten bestimmt einen besseren Plan. Die Leichen – so routiniert, wie Emily handelte, ging ich davon aus, dass dort unten einige lagen – würde man niemals entdecken. Wahrscheinlich gab es am Fuß des Hügels eine Grube, in der sie alles mit Säure übergossen.

Mir wurde bewusst, dass Letitia und Candace am Boden zerstört sein würden. Sie würden uns niemals verzeihen, dass wir nicht heimkamen. Dass sie die Babys allein zur Welt bringen mussten. Und ich konnte nichts dagegen tun. Ich hoffte, dass Letitia einen anderen Mann fand, der unserem Kind ein guter Vater sein würde. Mir fiel auf, dass meine Tränendrüsen offensichtlich wieder funktionierten.

Einen Moment später kehrte das Gefühl in meine Muskeln zurück, und ich konnte mich bewegen. Ich stand auf und schaute zu der Stelle, wo Derek getötet worden war. Ich wusste, dass sich unter dem Teppich aus Staub und Kiefernnadeln Blut verbarg, aber ich bezweifelte, dass irgendein Wanderer es bemerken würde. Stattdessen würden sie sich die Bäume anschauen und die frische Luft genießen. Der Kiefernduft war so stark, dass sie das Blut vielleicht nicht einmal riechen würden.

Als ich den Hang hinabblickte, sah ich Janelle in meine Richtung heraufstapfen. Sie hatte ihre Kappe und das Haarteil wieder aufgesetzt. Von Derek war, abgesehen vom Blut an ihrem Kinn, keine Spur zu sehen.

Der Pfad, auf dem Derek und ich hergekommen waren, lag verwaist da. Weiter oben am Hügel stand Emily, eingerahmt von zwei auf dem Bauch liegenden Gestalten. Es waren zwei Wanderer, die sie gelähmt hatte und nun an den Trägern ihrer Rucksäcke hinter sich herschleifte. Sie starrte mich an und wartete darauf, was ich tun würde.

Ich konnte versuchen, bergab zur Haltestelle zu laufen, wo Busse die Besucher zum Parkplatz zurücktransportierten, aber garantiert würde ich nicht weit genug kommen, um Hilfe zu rufen. Wären sie nicht davon überzeugt gewesen, mich jederzeit problemlos wieder einfangen zu können, hätten sie mir nicht so viel Freiraum gelassen. Und sie beobachteten mich. Lauerten.

Also stieg ich den Hügel hinauf. Auf den vielen Zeitachsen, die sich durch die Universen wanden, war dies der Clint Beecham, der noch ein bisschen weiterleben und herausfinden wollte, was als Nächstes passieren würde. Denn Emily hatte recht: Es gab kein Zurück mehr.

»Leb wohl, Letitia«, murmelte ich im Gehen. »Leb wohl, Kind. Ich wünschte, ich könnte für euch da sein.« Letitia und ich hatten uns noch nicht einmal einen Namen überlegt. Die Unwissenheit würde für diesen speziellen Clint Beecham das Allerschlimmste sein. Genau wie für Letitia und das Kind.

Ich bereute auch noch andere Dinge. Da die Theater mittlerweile wieder geöffnet waren, hatte ich mich sehr auf ein Musical gefreut, das in der kommenden Woche aufgeführt werden würde. Und bald sollte ein guter Film herauskommen. Ich hatte Letitia in ein Kino ausführen wollen, in dem Getränke an die Plätze serviert wurden. Ich war mir ziemlich sicher, dass es in dem Leben, das sich die Aliens für mich vorstellten, kein Craftbier gab. Und wenn doch, dann ganz bestimmt kein Left Hand Milk Stout aus Longmont. Auf einfache Freuden wie diese würde ich ab jetzt verzichten müssen.

»Lebt wohl, dick belegte Nachos«, sagte ich.

Während ich den Hügel erklomm, zählte ich immer mehr Dinge auf, die ich vermissen würde. Dabei geriet ich zwar außer Atem, doch es hielt mich davon ab, in Panik zu geraten. Als ich nach links schaute, sah ich, dass Emily mit mir Schritt hielt. Sie zog die beiden ausgewachsenen Menschen hinter sich her, als wären sie so leicht wie zwei vertrocknete Stöcke.

Janelle hatte irgendwo die anderen beiden Wanderer aufgeklaubt und ging ein Stück rechts hinter mir.

Wir erreichten eine Stelle, an der der Hang abflachte, bevor er ein Stück weiter erneut anstieg. Hier stand ein außerirdisches Shuttle zwischen den Espen.

Vom Pfad aus war es nicht zu sehen gewesen. Von dort schaute man nur auf die dicht stehenden Laub- und Nadelbäume. Die Chance, dass ein Wanderer es entdeckte, ging gegen null. Außer er schleppte sich ohne guten Grund hier herauf.

Das Raumschiff war nicht gerade hübsch, aber es war auch albern, in solchen Kategorien zu denken. Es war eindeutig ein funktionstüchtiges Fluggerät und viel fortschrittlicher als alles, was wir Menschen hinbekamen. Und nur das zählte.

Der Rumpf hatte die Form einer warzigen Gewürzgurke mit halbmondförmigen Stummelflügeln. Bei den Warzen handelte es sich vermutlich um abgeschirmte Sensoren-Cluster. Seine Farbe war ein tristes Grauweiß, das in einem Malerfachgeschäft vielleicht unter der Bezeichnung *Roher Krapfen* oder *Magenkranke Eierschale* angeboten worden wäre. Mit dem kuppelförmigen Hitzeschild am Bug und den ausgebeulten Antriebsaggregaten am Heck erinnerte das Schiff insgesamt an einen unansehnlichen Penis mitsamt Hoden.

»Sie sind in einem Pimmelschiff gekommen?«, flüsterte ich.

Wenigstens sah ich keine Waffen. Andererseits schienen die Aliens ihr Gefahrenpotenzial gern zu verbergen. Ein Blick in die Höhe zeigte mir ein zwischen den Baumstämmen gespanntes, mit Espenzweigen bedecktes Netz, eine simple, aber effektive Methode, um das Schiff vor Satelliten zu verbergen.

Als ein mechanisches Surren erklang, senkte ich wieder den Blick. In der Seite des Schiffs öffnete sich eine Tür, und eine Rampe fuhr herab. Zwei Aliens kamen heraus, die wie erwachsene Menschen aussahen und Sportklamotten mit Baseballkappen trugen. Sie winkten mich heran.

Links von mir tauchte Emily auf. »Das ist der Reservist! Nicht essen!«

Nett von ihr, das klarzustellen.

Wir trafen uns am Fuß der Rampe. Emily hatte einen gelähmten älteren Mann und eine ebenso schlaffe Frau dabei. Sie trugen Sweatshirts mit der Aufschrift *New York*. Touristen, die die Rocky Mountains besucht hatten und nun nicht mehr nach Hause zurückkehren würden.

»Ich habe zwei zum Einlagern, und Janelle bringt noch zwei weitere.« Emily ließ die beiden Opfer vor sich auf die Rampe fallen. »Also gut«, sagte sie dann zu mir. »Wie heißt du?«

»Clint.«

»Hallo, Clint, ich bin Emily. Vielen Dank für die Kooperation. Du bist klüger als die meisten anderen, und genau das brauchen wir. Komm mit, wir suchen dir einen Platz, an dem du es schön bequem hast, einverstanden?«

Sie ließ die nach wie vor gelähmten und stöhnenden Wanderer liegen und schritt die Rampe hinauf. Die beiden erwachsenen Aliens bückten sich und schleiften das Paar zum Heck des Schiffes. Ich schaute ihnen nach, bis Emily mir bedeutete, ihr zu folgen.

Ich erwartete so etwas wie die Passagierkabine eines Flugzeugs. Doch dann fiel mir ein, dass die Inneneinrichtung von Flugzeugen unfassbar nervte und die Aliens keinen Grund hatten, sie zu replizieren.

Stattdessen sah ich eine einladende Passagierlounge mit zehn ovalen Couches, die großen Beschleunigungskräften widerstehen konnten. Auf eine davon war bereits eine Frau geschnallt. Sie hatte die gleiche dunkelbraune Haut wie ich und volles, natürliches Haar. Ihre schwarze Jogginghose war mit goldenen Seitenstreifen verziert. Dazu trug sie einen Kapuzensweater der Buffaloes. Sie schien zu schlafen.

Emily deutete auf die Couch daneben. »Das ist Ayesha. Sie ist Biologiedozentin. Ihr beide könnt euch später noch unterhalten. Jetzt setz dich erst mal.«

Mein Blick fiel auf die restlichen unbesetzten Liegen.

Wollten sie ein paar Menschen mit mathematischen und naturwissenschaftlichen Kenntnissen kidnappen und die übrigen fressen? Ich schaute Emily an. »Wäre es möglich, die Wanderer, die du gelähmt hast, auch in diese sogenannte Reserve aufzunehmen? Sie sind doch unschuldig.«

»Inwiefern unschuldig?«

»Sie verdienen es nicht, gegessen zu werden.«

»Dein Freund hat es doch auch nicht verdient, oder? Wir sind nicht hier, um über euch zu urteilen, Clint, sondern um euch zu essen. Wenn du in einem Fischlokal einen Hummer aussuchst, wägst du doch auch nicht seine guten und bösen Taten gegeneinander ab, oder?«

»Nein, aber …«

»Nein, tust du nicht. Weil dir die Moralvorstellungen von Krustentieren egal sind. Du denkst gar nicht erst darüber nach, ob sie überhaupt so etwas wie Moral kennen oder einer von ihnen unter den Hummern als führender Denker gilt. Du möchtest sie einfach nur in geschmolzene Butter tauchen. Darum kannst du sicher nachvollziehen, was wir hier tun.«

»Aber ihr habt über mich geurteilt. Ihr habt eine Wahl zwischen Derek und mir getroffen.«

»Das stimmt, aber das hatte nichts mit deinen moralischen Prinzipien zu tun. Du kennst dich mit Physik aus. Zumindest hast du das behauptet. Du hast uns doch nicht angelogen, oder?«

»Nein.«

»Gut. Dann setz dich.«

Ich nahm Platz. Emily befahl mir, mich anzuschnallen. Die Gurtverschlüsse waren irgendwie seltsam. Sie bestanden weder aus Stahl noch aus Plastik, sondern aus irgendeinem mir unbekannten Verbundmaterial.

Davon abgesehen hätte es auch ein menschlicher Sicherheitsgurt sein können.

»Wir werden bald starten«, sagte Emily. »Trödle also besser nicht allzu lange.«

»Wo fliegen wir denn hin?«

»Zur Rückseite des Mondes. Dort ist die *Starscout* versteckt. Ihr würdet sie wahrscheinlich als unser Mutterschiff bezeichnen.«

»Wozu brauchst du einen Physiker und eine Biologin?«

»Lass uns später darüber sprechen. Jetzt ist erst mal Schlafenszeit.«

»Was? Ich bin überhaupt nicht müde.« Irgendetwas stach mich ins linke Handgelenk. »Autsch!« Als ich den Arm von der Couch hob, sah ich eine Nadel in den Stoff zurückgleiten.

Emily beugte sich vor und sagte mit unheimlicher grollender Stimme: »Doch, du wirst müde sein. Du *wirst* müde sein.« Dann richtete sie sich wieder auf und lächelte. »Ha! Hast du *Das Imperium schlägt zurück* gesehen? Dieser Yoda war so gut. Als Physiker müssen dich diese Filme aber ziemlich genervt haben. Ah, ich merke, du wirst schon schläfrig. Bis später, Clint.«

Anschließend wachte ich hier in meiner Unterkunft auf. Den Abflug von der Erde hatte ich komplett verpasst, was extrem enttäuschend war. Wenn man mich schon ins All entführte, hätte man mich doch wenigstens erleben lassen können, wie ruhig man in dem unförmigen Pimmelschiff flog.

Meine Gedanken bewegten sich ganz langsam, als würden sie durch eine dicke Suppe schwimmen. Ich hatte immer noch keine Ahnung, weshalb man mich nicht getötet hatte. Genauso wenig wusste ich, ob Ayesha und diese beiden alten Wanderer noch am Leben waren. Vielleicht gehörten sie ja zu den fünfzigtausend, die darauf warteten, »verarbeitet« zu werden.

Letzte Nacht hat man mir etwas gegeben, damit ich gut schlafe. Dafür bin ich ihnen dankbar, denn andernfalls hätte ich die ganze Zeit wach gelegen und gegrübelt, was sie sich von der verfluchten Sondenuntersuchung versprachen.

MEINE HÜBSCHE GRAUE ZELLE

Ich glaube, es ist wirklich wichtig, dass ich dieses Tagebuch führe, vor allem, um zu demonstrieren, dass ich zur Zusammenarbeit bereit, aber nicht verdächtig entgegenkommend bin. Meine Einträge haben den Vorteil, dass sie größtenteils wahr sind. Zum Beispiel würde ich wirklich nicht gern gefressen werden und werde kooperieren, da ich keine andere Wahl habe. Außerdem hat es einen therapeutischen Effekt, diese Ereignisse zu Papier zu bringen und so aus dem Kopf zu bekommen. Aber ich bin weiß Gott dazu bereit, mich unkooperativ zu verhalten, sollte sich eine Gelegenheit dazu ergeben.

Wenn wir zur Heimatwelt der Aliens fliegen, ihnen berichten, dass es einen wunderbaren neuen Planeten gibt, den sie kolonisieren können, und dann wieder zurückkehren, werden wir insgesamt rund tausendsechshundert Jahre unterwegs sein.

So lange wird die Menschheit noch an der Spitze der Nahrungskette stehen – vorausgesetzt, sie löscht sich in der Zwischenzeit nicht selbst aus.

Bestimmt gibt es die verschiedensten Zeitachsen, auf denen die Menschheit den Planeten lange vor der Rückkehr der Aliens zerstören wird. Und höchstwahrscheinlich befinden wir uns auf einer davon, wenn man die rasch zunehmende Erderwärmung, das daraus resultierende Artensterben und die Oligarchen und Kleptokraten bedenkt, die bereit sind, uns alle für ihre kurzfristigen Profite über die Klinge zu springen lassen.

Aber vielleicht gibt es auch Zeitachsen, auf denen diese Kundschafter nicht zurückkehren und von ihrem Fund berichten werden, sodass die Erde noch eine Weile länger unentdeckt bleibt. Ich wünsche mir sehr, dass das der Fall ist, und werde versuchen, diese Galgenfrist für uns herauszuschlagen.

Da sie keinen überlichtschnellen Antrieb besitzen, ist davon auszugehen, dass sie auch nicht zu überlichtschneller Kommunikation fähig sind. Also müssen sie noch viel näher an ihre Heimat heranfliegen, um melden zu können, wo sich die Erde befindet und wie hervorragend sie sich als Kolonie eignet. Folglich besteht unsere Aufgabe lediglich darin, eine Spezies zu besiegen, die bereits bewiesen hat, wie erschreckend gut sie darin ist, uns zu jagen und zu entführen und dabei ihre Existenz geheim zu halten. Rein rechnerisch haben wir dafür acht Jahre Zeit, tatsächlich aber wahrscheinlich längst nicht so lange.

Zum einen weiß ich weder, was sie von mir wollen, noch, was sie mit mir anstellen werden, sobald sie es bekommen haben. Ich rechne nicht damit, dass sie mich bis zum Ende leben lassen. Da Emily mich über die Untersuchungen angeschwindelt hat, unterstelle ich, dass ihr Versprechen, mich nicht zu töten, ebenfalls gelogen ist.

Ich bezweifle sehr, dass genug Proviant an Bord ist, um Ayesha, mich und die übrigen Reservisten – wer immer sie sein mögen – acht Jahre lang zu versorgen.

Und dann sind da auch noch die fünfzigtausend Menschen in ihren Käfigen, die genauso wenig als Nahrung enden wollen wie ich. Vermutlich werden sie gerade jetzt systematisch geschlachtet. Je länger ich warte, desto weniger Verbündete werde ich haben.

Offensichtlich hat man uns schon eine ganze Weile beobachtet und studiert. Sie sprechen wenigstens eine unserer Sprachen fließend, und ich bin sicher, dass Emilys Shuttle nicht das einzige ist, das den Planeten nach menschlichen Leckerbissen abgegrast hat. Vermutlich hat das Mutterschiff ganze Flotten von unförmigen Pimmeln auf den Weg geschickt.

Wir müssen noch so vieles herausfinden. Ich weiß noch nicht einmal, wie die Aliens heißen. Emily hat es mir nicht verraten.

Nicht zum ersten Mal wünsche ich mir, ich würde eine Kampfsportart beherrschen. Was wäre zum Beispiel geschehen, wenn die Aliens diesen Scheiß mit Donnie Yen abgezogen hätten? Dann wären sie jetzt tote Aliens. Und die Menschheit würde gerade einen Luftangriff auf ihre Pimmelschiffe fliegen.

Doch meine verborgenen Talente beschränken sich leider auf Rennradfahren und das Sammeln von Comics. Ersterem verdanke ich meine starken Beine und mein gesundes Herz, und Letzterem die Superkraft, genau erklären zu können, was an dem Kampf Stegron gegen Lizard in den Marvel Comics so spannend ist. Mehr aber auch nicht. Daher würde ich mir unter den anderen Menschen im Schiff jemanden mit Kampferfahrung suchen müssen. Emily hatte bereits demonstriert, dass sie mich mühelos überwältigen konnte.

Ich würde mich nicht gerade als Schwächling bezeichnen. Immerhin bin ich über einen Meter achtzig groß und wiege rund achtzig Kilo. Ich fahre regelmäßig mehr als fünfzig Meilen weit durch Colorado, und meine gespannten Waden sehen bei jedem Pedaltritt wie die Unterschenkel eines Gottes aus. Ich besitze jede Menge Ausdauer. Aber ich bin nicht fit genug, um auf einem Mutterschiff voller Aliens den John Wick zu geben.

Trotzdem malte ich mir genüsslich aus, wie ich Emily mit einer dünnen Krawatte um den Hals einen Bleistift ins Auge stach. Doch dann stellte ich mir vor, wie ihre Stacheln herabzuckten und sich in meine Hand bohrten. Ich war wieder gelähmt, und sie begann, mich zu fressen. So viel zu meinem Wunschtraum.

In der winzigen grauen Zelle, in die man mich gesperrt hatte, gab es außer einem unhandlichen Schreibstift keinerlei Waffen und auch nichts, womit ich mich schützen konnte. Abgesehen von einem Kissen, und das hätte die Stacheln bestenfalls ein paar Sekunden lang abgewehrt. Um sie zu besiegen, würde ich zuerst diese Giftstacheln unschädlich machen müssen.

Ein Motorradhelm wäre ein guter Anfang gewesen. Oder noch besser, ein cooler mit Kanonen bestückter Mobile Suit. Oder etwas, das nach Cyberpunk klang, wie zum Beispiel *Panzerplasgel.* Doch leider hatte ich nichts von alledem. Oder vielleicht doch?

Ich kniete mich vor die Platte, die aus der Wand ragte und mir als Bett diente, und drückte mit den Fingern in die knautschige graue Schaumstoffauflage, die zwar nicht sehr ansehnlich war, dafür aber ziemlich bequem. Konnte ich die entfernen und als Panzer gegen die Stacheln tragen?

Vielleicht würde sie tatsächlich eine ganz gute Rüstung abgeben. Allerdings konnte ich durch das Material nicht atmen und würde meinen Kopf mit etwas anderem schützen müssen.

Ich ließ den Blick zu dem schmalen Spalt zwischen Matratze und Platte wandern. Als ich ihn genauer inspizierte, bemerkte ich ein sanftes Schimmern. Auf dem Boden unter der Platte leuchtete etwas. Ich spähte in den Schatten und entdeckte ein blau funkelndes Quadrat. Was war das? Ein Sensor? Eine Energiequelle? Ein Selbstzerstörungsknopf?

Als ich danach griff, erkannte ich, dass es sich viel näher bei mir als an der Wand befand. Ich tastete nach den Kanten und zog daran. Was zum Vorschein kam, war eine Art Truhe mit leuchtendem Deckel.

Sie konnte alles Mögliche enthalten. Waffen. Schuhe. Eiscreme. Einen Alien-Embryo, der nur darauf wartete, sich mit meinem Rückgrat zu verbinden und in meinem Körper heranzureifen. In Videospielen findet man in geheimnisvollen Kisten immer etwas Wertvolles, diese hier wirkte jedoch eher Furcht einflößend auf mich.

Bevor ich versuchen konnte, sie zu öffnen, glitt die Zellentür auf. Emily platzte herein und sagte: »Clint, du Dummerchen! Damit sollst du dich noch nicht beschäftigen. Komm, lass uns zu den anderen gehen. Den Kasten kannst du auch später noch aufmachen.«

»Was befindet sich darin?«

»Alles Mögliche. Hab noch ein bisschen Geduld. Jetzt brauchen wir dich erst mal.«

»Für weitere Untersuchungen?«

»Nur für ein bisschen Geplauder. Komm schon. Ayesha wartet.« Sie wackelte mit den Augenbrauen, als wollte sie mir amouröse Absichten mit einer völlig Fremden unterstellen. Glaubte sie etwa, dass männliche und weibliche Menschen sich jedes Mal automatisch paaren, wenn sie wach und in einem Raum sind?

Wahrscheinlich hatte sie einfach zu viele Filme gesehen und war deswegen nun davon überzeugt, dass sich

Männer und Frauen ständig unter äußerst stressigen Umständen kennenlernen, tagsüber einiges miteinander durchmachen und nachts unweigerlich gemeinsam in der Kiste landen und schon bald heftig zu keuchen beginnen.

Wie auch immer. Ich wollte Ayesha tatsächlich kennenlernen, aber nicht, um irgendetwas mit ihr zu tun, das ein anzügliches Augenbrauenwackeln rechtfertigen würde.

Als wir durch die Tür hinaustraten, gingen wir nicht wie beim letzten Mal nach links, sondern nach rechts. Der Korridor, durch den sie mich führte, sah jedoch genau wie der vorherige aus, wenn auch ein bisschen länger. Nach einer Weile wurde mir bewusst, dass uns niemand entgegenkam.

Ich beschloss, Emily eine Frage zu stellen. »Du hast mir noch gar nicht verraten, wer ihr seid. Wie nennt ihr euch?«

»Oh! Darauf bin ich noch gar nicht gekommen. Es hätte keinen Sinn, dir den Namen unserer Spezies in unserer eigenen Sprache zu nennen, aber mit menschlichen Stimmbändern würde man ihn ungefähr *Mishawan* aussprechen. Wir sind Mishawan, und wir unterhalten uns auf Mishawan, wenn wir unter uns sind.«

»Aber dazu benötigt ihr andere Stimmbänder?«

»Ja. Mit euren kann man unsere Sprache nicht erzeugen. Aber wir können zwischen beiden Stimmbandarten wechseln, während wir eure zweibeinige Gestalt innehaben.«

Der Begriff *zweibeinig* deutete darauf hin, dass sie eigentlich an etwas anderes gewöhnt war, aber mit dieser Frage würde ich mich später beschäftigen. Ich erinnerte mich daran, dass Janelle beim Angriff auf Derek unglaublich hohe Laute ausgestoßen hatte. Vielleicht war das ja ihre Muttersprache gewesen. »Ihr könnt einfach so euren Sprechapparat verändern?«

»Das ist richtig.«

»Wie heißt eure Heimatwelt?«

»In eure Sprache übersetzt Grauer Garten.«

»Grauer Garten. Aber dein mishawanischer Name ist nicht die Übersetzung von Emily, oder?«

»Nein, du Dummerchen. Mein kompletter Name lautet ungefähr *Die präzise jagt und mit Genuss ihre Beute verschlingt*. Doch wir bevorzugen Spitznamen. Ich finde, Emily ist ein guter Name. Er klingt nett, und ich halte mich für eine ziemlich freundliche Mishawan. Ah, da sind wir ja.« Sie deutete auf eine Tür, die vor mir aufglitt.

Der Raum dahinter war viel größer als alle, die ich bis jetzt an Bord des Schiffes gesehen hatte. Die Wände waren fast blendend weiß, genau wie das Mobiliar, das aussah, als stamme es aus einem 3-D-Drucker und wäre eigens für Menschen angefertigt worden. Die Kissen auf den im Kreis aufgestellten Stühlen bestanden aus demselben grauen Schaumstoff wie die Matratze in meiner Zelle.

Es waren sechs Stück. Auf fünf von ihnen saßen bereits Menschen, darunter Ayesha. Die Kleidung der anderen sah aus wie meine und war ebenfalls mit der mishawanischen Ermahnung bedruckt, uns nicht zu essen. Hinter den Stühlen standen Aliens, die mit ihren Kappen, Perücken und zu großen Augen leicht von den Menschen zu unterscheiden waren.

»Setz dich, Clint«, sagte Emily und stellte sich hinter mich. »Willkommen bei den Reservisten.«

TAG 3, IMMER NOCH, ABER SPÄTER. DEZENTRALE NERVENSYSTEME

Vorhin – wahrscheinlich am Vormittag, da seit dem Frühstück und meinem letzten Eintrag ein paar Stunden vergangen sind – nahm Emily mich zu einem Treffen der sogenannten Reservisten mit: Dabei handelte es sich um andere Menschen, die wie ich gekidnappt, aber nicht zu den fünfzigtausend übrigen ins Proviantlager gesteckt worden waren. Wir waren zu sechst und kamen allesamt aus der Wissenschaft.

Ayesha Powers war die Biologin von der CU Boulder, die mit mir zusammen vom Rocky Mountain National Park ins Raumschiff gebracht worden war.

Hanh Vu war eine Meeresbiologin, die zum Zeitpunkt ihrer Entführung gerade in der Nähe des Great Barrier Reefs in Australien gearbeitet hatte.

Oscar Gastelo war ein Meteorologe aus der Bay Area und Deepali Singh eine auf Plattentektonik spezialisierte Geologin aus San Francisco. Offensichtlich war dort auch ein Pimmelschiff gelandet. Wahrscheinlich hatte es im Muir Woods National Monument gelauert.

Gregory Kincaid war ein Robotiker aus einem Labor in der Nähe von Manchester in England, ein blasser, älterer Mann, dem es erkennbar an Vitamin D mangelte.

Nachdem wir uns vorgestellt hatten, wies er als Erster auf etwas hin, das wir sechs miteinander gemeinsam hatten: »Anscheinend wurden wir alle in Ländern entführt, in denen Englisch die Amtssprache ist.«

Hanh nickte. »Ja. Was meint ihr, wieso das so ist?« Ihr starker australischer Akzent klang freundlich, doch sie hielt beim Sprechen abwehrend die Arme vor der Brust verschränkt.

Emily trat neben mich. »Ich wette, dass Clint dahinterkommt.«

Alle schauten mich an, und ich seufzte. »Sie sind durch unsere ersten Funksprüche im zwanzigsten Jahrhundert auf uns aufmerksam geworden. Die meisten davon waren englisch.«

»Korrekt!«, rief Emily. »O Mann, Clint, du bist wirklich superschlau. Hallo, alle miteinander. Für diejenigen, die mich noch nicht kennen: Ich bin Emily. Ich weiß, ich sehe nicht so aus, aber ich bin, wie einer eurer Schauspieler es ausdrücken würde, eine große Nummer. Zwar keine Admiralin, aber eine Art Captain. Die Reservisten sind mein Projekt.«

Wenn sie dafür Beifall erwartete, hoffte sie vergebens. Wir sahen sie bloß schweigend an. Ein Publikum aus Gefangenen applaudiert nur dann frenetisch, wenn es sich bedroht fühlt.

Sie sah sich mit ihren riesigen Augen blinzelnd um. »Habt ihr denn keine Fragen?«

Natürlich hatten wir die. Jede Menge sogar. Aber uns war nach Schweigen zumute. Außerdem hätten wir sie mit Fragen nur auf unsere drängendsten Sorgen hingewiesen. Und wir wollten nicht, dass sie noch mehr über uns herausfanden.

»Also gut. Dann erläutere ich jetzt ein paar Dinge,

und ihr unterbrecht mich einfach, wenn ihr etwas wissen wollt.« Sie ging in die Mitte des Stuhlkreises und drehte sich beim Sprechen langsam herum. »Wir würden gern von euch erfahren, was nach eurer jeweiligen Expertenmeinung in den nächsten tausendsechshundert Jahren auf der Erde geschehen wird. Fangen wir doch mal mit Deepali an: Was glaubst du, was sich in diesem Zeitraum tektonisch und vulkanisch tun wird? Wird es mehr Vulkane geben? Oder wird irgendwas ins Meer fallen?«

»Das könnte passieren«, erwiderte Deepali. »Möglicherweise entsteht eine neue Galapagosinsel. Wegen der Cascadia-Verwerfung könnten die Westküsten von Oregon und Washington verschwunden sein. Die können morgen schon weg sein oder noch ein paar Tausend Jahre existieren, aber irgendwann kommt es zum Knall.«

»Perfekt! Das ist genau das, was ich wissen will. Die möglichen Entwicklungen und wie wahrscheinlich sie sind.«

Oscar sah sie mit zusammengekniffenen Augen an. Er war ein junger Mann Mitte zwanzig. Sein hübsches Gesicht und der teure Haarschnitt ließen vermuten, dass er seit dem College als Wetteransager bei einem regionalen Fernsehsender arbeitete. »Ich kann nicht prophezeien, wie das Wetter in tausendsechshundert Jahren sein wird. Heutzutage fällt es uns schon schwer, die nächste Woche korrekt vorauszusagen.«

»Weil die Erdtemperatur so rasant ansteigt und eure bisherigen Messdaten fast bedeutungslos geworden sind?«

»Genau.«

»Nun, wir wollen Klimamodelle, nicht das lokale Wetter. Mach dir darüber also keine Sorgen.«

»Ich bin Meteorologe, kein Klimatologe.«

»Aber du verstehst in groben Zügen, worum es dabei geht, oder? Du hältst dich über die wissenschaftlichen Erkenntnisse auf dem Laufenden?«

»Ja.«

»Mehr brauchen wir nicht. Gib einfach dein Bestes.«

Hanh hob die Hand. »Wozu braucht ihr eine Meeresbiologin?«

Emily zuckte die Achseln, eine menschliche Geste, die sie vermutlich im Fernsehen aufgeschnappt hatte. »Wird in Ozeanen noch irgendetwas leben, oder werden sie total übersäuert und vergiftet sein?«

»Es wird sicher in diese Richtung gehen. Abhängig davon, wie stark wir die Meere weiter verpesten und aufheizen.«

»Lass uns einfach deine genauesten Hochrechnungen sehen.«

»Wieso tausendsechshundert Jahre?«, wollte Gregory wissen.

Emily wirbelte herum und deutete mit beiden Händen auf mich. »Clint! Du bist dran.«

»Wieso bist du wieder dran, Clint?«, fragte Ayesha. »Wie kommt es, dass du schon alles weißt?«

»Er ist draufgekommen«, antwortete Emily. »Er hat die physikalischen Berechnungen im Kopf angestellt! Habe ich schon erwähnt, dass er sehr schlau ist?«

»Der Flug zu ihrem Planeten und zurück dauert zusammen sechzehn Jahrhunderte. Auf dem Rückweg werden sie viele hungrige Freunde dabeihaben. Sie sind Kolonisten und wollen wissen, in welchem Zustand sich die Erde bei ihrer nächsten Ankunft befindet.«

»In tausendsechshundert Jahren?«, stieß Gregory

aus. »Ich kann mir nicht einmal annähernd vorstellen, wohin sich die Robotik bis dahin entwickelt.«

»Es spielt zwar keine große Rolle, aber für uns werden keine tausendsechshundert Jahre vergehen, sondern nur acht hin und acht zurück.«

»*Falls* wir zurückkehren«, sagte Ayesha. Ich hielt den Einwurf für berechtigt. Wahrscheinlich würden wir nicht mal bis zur Heimatwelt der Mishawan kommen.

»Pfft, ich werde einen Scheiß für euch prognostizieren«, sagte Oscar. »Ihr müsst uns schon ohne meine Hilfe kolonisieren.«

»Ach ja, danke für den Einwand, Oscar!«, erwiderte Emily. »Eines habe ich euch ja noch gar nicht gesagt: Wir haben ein paar Shuttles auf der Erde zurückgelassen. Sie werden unterirdische Basisstationen errichten. Sie wissen, wo sich eure Familien befinden, und wir sind immer noch in Funkreichweite. Wenn ihr mit uns zusammenarbeitet, werden eure Verwandten zu gegebener Zeit eines natürlichen Todes sterben, wenn nicht, machen wir sie jetzt kalt.«

»Quatsch«, entgegnete Oscar. »Ihr kennt meine Familie ja gar nicht.«

Emily blickte auf ihr Tablet und tippte etwas ein. Dann begann sie, eine Liste von Personen vorzulesen. Ein paar von ihnen trugen Oscars Nachnamen, andere nicht. Emily sah, dass er erbleichte. »Du siehst also, wir kennen deine Familie. Wofür entscheidest du dich, Oscar? Wirst du uns ein paar Klimamodelle erstellen und sie damit retten?«

Er antwortete nicht und biss sich mit hasserfülltem Blick auf die Unterlippe. Doch er nickte einmal.

»Gut. Will sonst irgendwer seine Familie sterben lassen?« Sie blickte in unsere schweigenden Gesichter. »Exzellent. Was braucht ihr, um eure Berichte verfassen zu können.«

»Papier, Stifte und unsere Ruhe«, erwiderte Ayesha.

»Eure Ruhe?«

»Wir müssen uns besprechen, ohne dass ihr uns im Nacken sitzt. Wie ihr genau wisst, haben wir keine Waffen.«

»Natürlich wissen wir das, weil ihr – wie ihr euch sicher denken könnt – permanent überwacht werdet.«

»Dann habt ihr ja bestimmt nichts dagegen einzuwenden.«

Emily grinste, und ein paar der anderen Aliens machten es ihr nach. »Du hast recht. Ich habe nichts dagegen.«

»Wir brauchen außerdem einen Tisch. Er kann rund, quadratisch oder rechteckig sein. Hauptsache, wir finden alle daran Platz.«

»Gut, wir werden euch in Kürze einen bringen.«

Die Aliens gingen und ließen uns allein.

Gregory ergriff als Erster das Wort: »Bevor ihr etwas sagt, das mit der Überwachung war kein Witz. Sie hören alles, was wir sagen, und sehen, was wir tun.« Er deutete mit der Hand auf die Wände und die Decke. »Ich kann euch nicht sagen, wo sich die Kameras und Mikrofone befinden, aber sie sind da. Sie verbergen sie wie die Stacheln auf ihrem Kopf. Die Aliens stehen darauf, Dinge zu verstecken.«

»Wer sind die überhaupt?«, fragte Deepali.

»Sie nennen sich Mishawan«, erwiderte ich. »Aber ich habe keine Ahnung, *was* sie sind.«

»Tintenfische«, sagte Ayesha. »Weltraumtintenfische.« Sie schaute zu Hanh hinüber. »Was sagst du als

Meeresbiologin dazu? Sie teilen mit ihnen alle grundsätzlichen Eigenschaften, oder?«

»Ich glaube schon«, sagte Hanh. »Das Lähmungsgift, das sie ihrer Beute injizieren, ist auf jeden Fall ähnlich.«

»Aber auch die Chromatophoren in ihrer Haut, oder?«, hakte Ayesha nach.

Hanh riss überrascht die Augen auf. »Oh! Du meinst, weil sie uns nachahmen …«

»Richtig.« Ayesha nickte ihr anerkennend zu, doch ihr Lächeln verblasste, als sie merkte, dass wir anderen sie verständnislos anschauten. »Ihr habt doch ihre Schädel gesehen, oder? Die graue Haut? So sehen sie eigentlich aus. Aber mithilfe ihrer Chromatophoren können sie ihre Hautfarbe beliebig verändern.«

»Sind sie normalerweise Zweibeiner?«, fragte ich. »Ich glaube nämlich, dass sie in Wahrheit anders gebaut sind.«

»Das kann ich erst mit Sicherheit sagen, wenn ich einen aufschneide«, erwiderte Ayesha. »Aber ich glaube auch nicht, dass sie sich in der Regel auf zwei Beinen fortbewegen. Ich gehe davon aus, dass sich nur ihre Augen, die Zähne und die Stacheln nicht verändern. Alles andere können sie umgestalten.«

»Wie?« Von Emily wusste ich, dass sie ihre Stimmbänder und damit wahrscheinlich auch ihr gesamtes Körperinneres umbauen konnten. Doch alles darüber hinaus konnte ich mir nur schwer vorstellen. »Brechen sie ihre Knochen und lassen sie in anderer Form wachsen?«

»Nein, meiner Meinung nach haben sie kein Endoskelett. Sie verfügen über ein dezentrales Nervensystem und stabilisieren sich mit Knorpelgewebe. Ich halte sie für Gestaltwandler.«

»Moment mal«, sagte Oscar. »Ein dezentrales Nervensystem?«

Hanh schaltete sich ein: »Cephalopoden verfügen über ein gut entwickeltes Gehirn, aber es steuert nicht alles. Da Oktopusarme sehr viele Nerven enthalten, können sie sich unabhängig voneinander bewegen. Ayesha meint, dass die Aliens genauso aufgebaut sind.«

»Dann macht es ihnen also nichts aus, wenn wir ihnen in den Kopf schießen?«, fragte Oscar.

»Es schadet ihnen bestimmt. Aber es kann sein, dass sie nicht daran sterben. Und wenn sie ihre Organe verlagern können, wie Ayesha sagt, dann bewahren sie ihr Primärgehirn vielleicht gar nicht im Kopf auf.«

»Zielt trotzdem auf den Kopf«, sagte Ayesha. »Schließlich sollen sie blind sein und ihre Stacheln nicht gegen euch einsetzen können. Und macht diese verdammten Zähne unschädlich, damit sie sie nicht an eine andere Stelle verpflanzen können.«

»Was schlägst du vor?«, fragte Deepali.

»Da sie keine Knochen haben, können wir sie leicht zerhacken. Nehmt euch also am besten den Hals vor.«

»Mit was?«, fragte die Geologin. »Ich besitze nicht einmal ein Taschenmesser, geschweige denn eine Streitaxt.«

»Darum müssen wir uns noch kümmern. Ich wollte nur, dass ihr wisst, wo ihr den größten Schaden anrichten könnt, wenn ihr die Chance dazu bekommt.«

»Unsere Chancen stehen nicht gut«, sagte Gregory. »Sobald wir unsere Prognosen erstellt haben, werden sie uns wahrscheinlich nicht mehr in Reserve halten. Wenn wir ihnen erst mal gegeben haben, was sie von uns wollen, haben sie keinen Grund mehr, uns am Leben zu lassen.«

»Das stimmt«, sagte ich. »Unser Zeitfenster ist sehr klein.«

»Hört mal«, warf Deepali ein, »vielleicht sollten wir keine Pläne schmieden, während sie uns zuhören.«

»Und wo überwacht man uns nicht?«, fragte Oscar.

Die Tür ging auf, und Emily kehrte mit zwei erwachsen aussehenden Aliens zurück, die einen runden grauen Tisch hereintrugen. Wir machten ihnen Platz, und sie stellten ihn in den Kreis zwischen uns.

Anschließend legte Emily Notizbücher und Stifte darauf. »Bitte sehr. Oscar hat übrigens recht: Es gibt tatsächlich auf dem ganzen Schiff keinen einzigen Ort, an dem wir euch nicht hören können. Plant, so viel ihr wollt! Wir werden für alles bereit sein. Wir haben es nicht zum ersten Mal mit feindseliger Beute zu tun. Und sicher auch nicht zum letzten Mal. Aber bislang seid ihr die mit Abstand leckerste. Okay! Braucht ihr sonst noch etwas?«

Ayesha schüttelte den Kopf. »Wir rufen euch, falls noch etwas fehlt.«

Emily kicherte. »Dieser Teil macht uns immer am meisten Spaß, Leute. Ihr werdet irgendetwas Dummes versuchen, weil ihr das Gefühl habt, dass euch gar nichts anderes übrigbleibt, und das stimmt ja auch. Aber es ist so amüsant. Und auch profitabel! Wir haben Wetten am Laufen, wer von euch zuerst angreift und ob ihr es schafft, einen von uns zu töten. Viel Glück mit euren Umsturzplänen! Aber vergesst darüber nicht eure eigentliche Aufgabe, sonst sterben eure Familien.«

Sie und die anderen Aliens bedachten uns mit einem zahnigen Grinsen und gingen kichernd hinaus.

Oscar sah ihnen hinterher und hob den Mittelfinger. »*Pinche culos.*«

»Allmählich glaube ich, dass wir nur dazu da sind, ihnen auf der langen Reise etwas die Zeit zu vertreiben«, sagte Gregory. »Sie brauchen unsere Prognosen gar nicht. Ich kann mir wie gesagt nicht mal ansatzweise vorstellen, auf welchem Stand die Robotik und Elektronik in tausend Jahren sein wird. Hundert fände ich schon schwierig. Und was soll Clint ihnen bloß über die Zukunft der Physik sagen?«

»Aber wieso sind wir dann alle Wissenschaftler?«, warf Hanh ein. »Wenn es ihnen um eine militärische Herausforderung ginge, hätten sie doch besser Soldaten oder zumindest Veteranen nehmen sollen.«

»Das haben sie«, sagte Ayesha. »Ich war bei der Armee.«

»Ich auch«, sagte Oscar.

»Genau wie ich«, schloss Gregory sich an. »Obwohl es bei mir natürlich schon etwas länger her ist.«

»Mist«, sagte Deepali. »Dann sind wir *wirklich* das Unterhaltungsprogramm.«

Hanh nickte. »Diese Dreckskerle spielen einfach gern mit ihrem Essen.«

Ayesha hob einen Finger. »Wo wir gerade davon reden: Wurdet ihr auch mit Sonden untersucht? Mit mir haben sie das nämlich gestern gemacht. Angeblich hätten sie es gar nicht vorgehabt. Aber dann wäre ihnen bewusst geworden, dass unsere Spezies in dieser Hinsicht gewisse Erwartungen hat. Und die wollten sie unbedingt erfüllen, bevor sie sich um die wirklich wichtigen Dingen kümmern. Was zum Teufel sollte das?«

»Ja, das hat man mir auch gesagt«, bemerkte Deepali. »Echt schräg.«

»Ich habe ihnen erklärt, dass ich so einen Scheiß *nicht* erwarte«, sagte Gregory. »Und selbst wenn, wäre es mir lieber, sie enttäuschen mich und lassen meinen Sack in Frieden.«

»Mit euch Männern haben sie das auch gemacht?«, fragte Ayesha.

»Ja. Keine Ahnung, wer sie auf diese Idee gebracht hat.«

»Äh, das war möglicherweise ich«, gestand ich. »Tut mir leid.«

Ayesha sah mich wütend an. »Du hast ihnen gesagt, dass wir untersucht werden möchten, Clint? Sie haben eine Metallklammer an meiner Vagina befestigt und hundert Volt durchgejagt.«

»Was soll ich sagen …? Mit mir hat man das auch gemacht. Es tut mir wirklich leid.«

Damit war ich schlagartig der unbeliebteste Mensch an Bord.

Ayesha schüttelte den Kopf und verteilte die Schreibutensilien. »Dann lasst uns mal loslegen. Wir haben zwei Aufgaben: Wir müssen unsere Familien retten und diese Motherfucker umbringen – auch wenn sie damit rechnen.«

Wir schrieben uns Botschaften, die wir nicht nur mit den Händen vor den versteckten Kameras verbargen, sondern auch in Codeform verfassten, damit die Mishawan nichts von unseren Plänen gegen sie mitbekamen.

Gleichzeitig arbeiteten wir an unseren Prognosen. Da ich keinen Grund sah, nicht wild zu spekulieren, verstieg ich mich zu der These, dass wir unsere unüberwindlich scheinenden Treibstoffprobleme lösen und eigene Langstreckenraumschiffe mit Energiewaffen bauen würden. Schließlich hatte ich keine Ahnung, was die Zukunft bringen würde. Außerdem glaubten wir ohnehin nicht, dass es den Aliens um unsere Vorhersagen ging. In Wahrheit sind wir nur hier, um ihren Sadismus zu befriedigen.

Dieses Tagebuch war eine gute Übung für mich, aber ich werde unsere Pläne nicht aufschreiben. Und weißt du was, Emily? Fickt euch. Ihr wisst vielleicht, dass wir etwas planen, aber was es ist, werdet ihr erst herausfinden, wenn wir losschlagen.

DIE GEHEIMNISVOLLE KISTE

Die mysteriöse Kiste, die ich unter meiner Pritsche hervorgezogen hatte, wartete auf mich, als ich vom Treffen mit den anderen Reservisten zurückkehrte, und Emily erlaubte mir, sie nun zu öffnen. Da sie es offensichtlich wollte, nahm ich die Kiste nur zögerlich in Augenschein.

Ich sah weder eine Verriegelung noch ein Schloss. Also drückte ich vorsichtig einen Daumen auf das blaue Licht und wurde mit einem Klicken belohnt. Gleich darauf glitt der Deckel zur Seite. Ich fragte mich, ob das Schloss biometrisch oder durch Wärme aktiviert worden war, aber eigentlich spielte es keine Rolle. In der Kiste befanden sich vier Gegenstände:

- ein Plan des Schiffes
- eine Schlüsselkarte
- ein schwerer Dolch mit langer, gerader Klinge
- ein Zettel

Ich faltete den Zettel auseinander. Dort stand eine handschriftliche Nachricht:

Hallo, Clint!

Die Schlüsselkarte öffnet jede Tür auf dem Schiff, versprochen. Die anderen Reservisten erhalten die gleichen Informationen und Gegenstände.

Auf der Erde haben wir euch in einen Hinterhalt gelockt, aber jetzt möchten wir euch eine faire Chance geben. Wir wollen zwar, dass ihr sterbt, aber bitte auf unterhaltsame Weise. Schließlich wollen wir später etwas zu lachen haben.

Die Sondenuntersuchungen waren extrem amüsant. Vielen Dank, dass du uns auf die Idee gebracht hast – von allein wären wir nie darauf gekommen. Die ganze Mannschaft liebt die Videos, die wir davon gemacht haben.

Der restliche Spaß beginnt, wann immer du es möchtest. Es ist eine gefährliche Sache, Clint, aus deiner Tür hinauszugehen. Du betrittst den Korridor, und wenn du nicht auf deine Füße achtest, kann man nicht wissen, wohin sie dich tragen. (Habe ich das richtig zitiert? Das sollte dich an den Herrn der Ringe erinnern. Eure Geschichten sind wirklich lustig.)

Ich freue mich darauf, dich zu essen.
Emily

Ich schnaubte sarkastisch. Genauso ein Szenario hatte Ayesha vorhergesagt – eine Waffe und eine offene Tür. Allerdings würden wir keine Chance bekommen, uns über dieses eine Treffen hinaus miteinander abzustimmen. Das war uns aber klar gewesen, weil Emily die Wette der Aliens erwähnt hatte, wer von uns sie zuerst angreifen würde.

Sie wollen, dass wir sie getrennt voneinander und impulsiv attackieren, hatte Ayesha während unseres Treffens in einer ihrer Geheimbotschaften geschrieben. *Da-*

her werden wir geplant und gemeinsam gegen sie vorgehen.

Unsere einzige Möglichkeit, die Zeit zu bestimmen, waren die Mahlzeiten, die in regelmäßigen Abständen durch einen Schlitz in unsere Zellen geschoben wurden. Das Signal zum Aufbruch war das Abendessen.

Hanh war ziemlich sicher, auf dem Weg von ihrer Zelle zum Besprechungsraum an einer Tür vorbeigekommen zu sein, die zu einem Treppenhaus führte. Daher hatten wir gemeinsam eine grobe Karte von dem Deck angefertigt, auf dem wir uns befanden, und vereinbart, uns zur Abendessenszeit vor ebenjener Tür zu treffen.

Ich nahm den Schiffsplan aus der Kiste und breitete ihn auf meinem Schreibtisch aus.

Die *Starscout* der Mishawan war mehrere Meilen lang und fast komplett mit Treibstofftanks gefüllt. Wir hielten uns in einem relativ kleinen Abschnitt im Bug auf. Mein Blick glitt über Wiederaufbereitungsanlagen für Wasser, Luft und Abfall sowie ein ganzes Deck mit Gefrierkammern für die Fleischvorräte. Nach einer Weile wurde mir bewusst, dass der Plan auf Englisch beschriftet war. Sie hatten ihn eigens für uns angefertigt. War damit bewiesen, dass sie tatsächlich fair spielen wollten? Nein, wahrscheinlich ging es ihnen nur darum, uns falsche Hoffnungen zu machen und sie uns dann genüsslich wieder zu nehmen.

Ich sah, dass sich die Brücke mehrere Decks über uns und weiter vorn befand. Der Maschinenraum war buchstäblich meilenweit von uns entfernt. Aber wie detailliert war dieser Plan? Was war zum Beispiel mit den Sicherheitsmaßnahmen? Oder waren Treppen eingezeichnet?

Ich suchte nach Treppenschächten und Aufzügen und entdeckte einige, die die verschiedenen Decks miteinander verbanden. Auf welchem Deck befanden wir uns?

Ich brauchte einen Moment, um mich zu orientieren, aber schließlich gelang es mir, unseren Besprechungsraum, das Untersuchungslabor und unsere Zellen zu lokalisieren sowie deren relative Lage zu dem Treppenhaus, das Hanh ausgemacht hatte. Dann war also zumindest die Darstellung unseres Decks wirklichkeitsgetreu.

Wir waren auf dem vierten von insgesamt zehn Decks einquartiert worden. Die Brücke, die Kommunikationsabteilung und die Landebuchten für die Shuttles befanden sich auf Deck eins, die Freizeiteinrichtungen auf Deck zwei – das ein riesiger offener Raum zu sein schien – und die Mannschaftsunterkünfte auf Deck drei.

Unser Deck war mit den Begriffen *Krankenstation* und *Wissenschaftsabteilung* gekennzeichnet, wozu allerdings weder unsere Zellen noch der Besprechungsraum zu passen schienen. Waren die Decks genauso veränderbar wie die Körper der Mishawan? Vielleicht ja.

Auf Deck fünf war die Materialsynthese und die Lebenserhaltung untergebracht. Dort gab es einige Backup- und Hilfssysteme. Deck sechs enthielt die Kläranlage und die Heizung, Deck sieben die Luftaufbereitung und die Nahrungsmittelverarbeitung.

Auf Deck acht wurde die noch lebende Nahrung aufbewahrt, auf Deck neun befanden sich die Gefrierkammern, in denen die zerlegten und tiefgekühlten menschlichen Körper eingelagert werden würden. Auf einem menschlichen Schiff hätte man an dieser Stelle wahrscheinlich hydroponische Gärten und Trockennahrungslager eingerichtet, doch reine Karnivoren wie die Mishawan benötigten nun einmal Fleisch. Auf Deck neun war außerdem der Küchenbetrieb zu finden. Allerdings gab es nirgends einen Speisesaal. Offenbar ließen sich die Mishawan ihr Essen liefern. Zwar konnte ich das entsprechende System auf dem Plan nicht entdecken, aber ich wusste, dass Deck vier und sicher auch Deck drei, vielleicht sogar Deck zwei und eins mit Speiseaufzügen versorgt wurden und dass die entsprechenden Schächte durch das Schiff vermutlich nicht überwacht wurden. Ich hätte gern gewusst, ob sie groß genug für Menschen waren. Zwar glaubte ich nicht, dass ich durch die Essensausgabe in meiner Zelle schlüpfen konnte, aber vielleicht wäre Deepali ja dazu imstande. Es würde auf jeden Fall eng werden.

Deck zehn war ein breiter Korridor, der zu verschiedenen Frachtbereichen und zahlreichen zusätzlichen Shuttles führte. Da es auf diesem Deck einen Zugang zu den riesigen Antriebstanks gab, ging ich davon aus, dass die Shuttles, die sich äußerlich von den Pimmelschiffen unterschieden, Treibstoff von Planeten und Asteroiden herbeischaffen konnten. Vermutlich waren sie mit Förderanlagen ausgestattet.

Leider wurde auf dem Plan weder beschrieben, welchen Treibstoff sie verwendeten, noch, wie der Antrieb des Schiffes funktionierte. Trotz der gewaltigen Energievorräte mussten diese Maschinen eine unglaublich hohe Effizienz haben.

Mir fiel auf, dass es auf dem gesamten Plan keinerlei Hinweise auf Waffen gab. Möglicherweise waren diese Informationen bewusst weggelassen worden. Bisher hatten die Mishawan in meiner Gegenwart abgesehen von den Stacheln und ihren Zähnen zwar keine Waffen verwendet, doch das musste nicht zwangsläufig bedeuten, dass sie keine besaßen.

Ein leises Klingeln und ein Zischgeräusch kündigten die Ankunft meines Abendessens an. Ich sah nicht nach, was es gab. Es war so weit.

Ich faltete den Plan zusammen und steckte ihn in die Gesäßtasche. Dann nahm ich die Schlüsselkarte und das Messer aus der Truhe und bohrte mit der Klinge ein Loch in die Matratze, um zu sehen, womit sie gefüllt war. Wie sich herausstellte, handelte es sich um einen dichten, gelartigen Schaum. Er war natürlich grau. Ich schlitzte die Matratze weiter auf und versuchte, die Hand hineinzuschieben. Der Schaum war zwar widerstandsfähig, ließ sich jedoch so weit komprimieren, dass ich den Arm zwischen ihn und die Hülle schieben konnte.

Das würde mein Panzerplasgel sein.

Ich schnitt rasch ein Quadrat aus der Matratze und bastelte daraus einen rudimentären Schild, mit dem ich die Stacheln der Mishawan abzuwehren hoffte. Ich war mir ziemlich sicher, dass ich keine weitere Nacht in diesem Raum verbringen würde.

JEDER NAME ZÄHLT

Nachdem Derek und ich kurz vor der Pandemie unseren Abschluss an der CU Boulder gemacht und Arbeit gefunden hatten, waren wir einmal die Woche zusammen in eine Craftbier-Braustube gegangen, wo er mir regelmäßig seine neusten Theorien aufgetischt hatte. Manche waren eine haarsträubende Mischung aus Wissenschaft und Popkultur, wie etwa seine Idee, dass es sich bei der *Braut des Prinzen* um eine Science-Fiction-Geschichte aus einer fernen Zukunft handelte, in der die Menschheit zu einem monarchischen Herrschaftssystem zurückgekehrt war, oder dass die vom Klimawandel verursachten Migrationsströme zu einer erstaunlich hohen Arbeitslosenquote in Grönland geführt hatten. Ein anderes Mal kam er mir mit Literatur. So meinte er unter anderem, Shakespeare hätte nie etwas Provokativeres geschrieben als Julias Frage: »Was ist ein Name?« Auch wenn alle immer nur auf ihren anschließenden Worten über Rosen und die Montagues herumritten.

»Aber ein Name ist eine notwendige Voraussetzung für die Liebe«, führte er aus. »Womit ich wohlgemerkt nicht die Liebe für die gesamte Menschheit meine. Das ist nur eine hübsche Phrase, mit der Leute um sich werfen, die ihre Gutherzigkeit unter Beweis stellen wollen. Denn wie sollte man alle Menschen lieben können, wenn doch ein paar von ihnen echte Arschlöcher sind? Nimm nur mal zum Beispiel Gary.«

Ich stimmte ihm lachend zu.

»Ich spreche von echter Liebe, egal ob platonisch oder romantisch. Um jemanden wirklich lieben zu können, muss man seinen Namen kennen. Man kann sich zwar zu einem unbekannten Menschen hingezogen fühlen und Zuneigung für ihn entwickeln, aber wenn man echte Nähe zu ihm herstellen möchte, muss man früher oder später seinen Namen sagen. Deswegen bittet Julia ihre Amme ja auch, Romeos Namen herauszufinden. Und ich glaube, das ist auch der Grund, wieso wir für Fremde in Not Mitgefühl aufbringen können, aber nicht unser Leben für sie aufs Spiel setzen. Vielleicht spenden wir etwas für die Opfer eines Hurrikans, oder wir versuchen, der gesamten Menschheit zu helfen, indem wir unseren ökologischen Fußabdruck verringern. Aber dabei legen wir uns längst nicht so sehr ins Zeug, wie wir es für Leute tun, die wir kennen und lieben.«

Ich hatte an Dereks Worte gedacht, weil ich ihn geliebt hatte. Er war fast so etwas wie ein Bruder für mich gewesen. Und ich dachte an Letitia, die Liebe meines Lebens, und unser ungeborenes Kind, das noch keinen Namen hatte, was aber meiner Liebe, die ich für es empfand, keinen Abbruch tat. Darüber hinaus dachte ich aber auch an die fünfzigtausend Fremden ein paar Decks unter mir, von denen jeder einen Namen hatte und die in Not waren. Es gab keine Hilfsorganisation, die sich um sie kümmerte. Ihre einzige Hoffnung waren die Reservisten: Clint, Ayesha, Hanh, Deepali, Oscar und Gregory. Ich würde für sie kämpfen, und wenn wir Deck acht erreichten, würde ich ein paar von ihnen nach ihrem Namen fragen. Denn so kitschig es auch klingen mochte: Wenn wir schon dem Untergang geweiht waren, wollte ich diese Leute wenigstens mit ihrem Namen ansprechen und ihnen sagen, dass sie geliebt wurden.

DEREKS LOGISCHER UMKEHRSCHLUSS

Er trank einen Schluck Bier und fuhr mit erhobenem Zeigefinger fort: »Der logische Umkehrschluss – ich wünschte, mir fiele ein besseres Wort dafür ein, aber dieses Bier hat 6,9 Prozent Alkohol … der logische Umkehrschluss ist, dass du keinen Namen brauchst, um jemanden zu hassen. *Diese Leute da* oder *der Typ mit dem Bart* reichen vollauf. Alternativ kannst du dir für die Person, die du hassen willst, schnell einen Namen ausdenken. Oder du belegst sie mit einer rassistischen oder frauenfeindlichen Beleidigung. Wenn man jemanden hasst, gebraucht man sogar häufiger ausgedachte als richtige Namen. Denn so kannst du dem Objekt deines Hasses die Menschlichkeit absprechen und implizieren, dass derjenige es nicht wert ist« – er rülpste und entschuldigte sich – »geliebt zu werden.«

Das stimmte. Wir erlebten es jeden Tag in der Politik, und auch ich war dagegen nicht gefeit. Für die Mishawan hatte ich mir allerdings noch keine Schimpfnamen ausgedacht und glaubte auch nicht, dass ich welche brauchte, um sie zu hassen. Sie waren Aliens. Raubtiere. Sie würden uns fressen und wollten die Reservisten und mich auf möglichst unterhaltsame Art sterben sehen. Mit meinem improvisierten Matratzenschild – dem Panzerplasgel – am linken Arm öffnete ich mit der Schlüsselkarte die Zellentür. Dann zückte ich das Messer und spähte in den Korridor hinaus. Die Luft war rein.

Allerdings bildete ich mir nicht ein, unbeobachtet zu sein.

Ich trabte zu dem Treppenhaus, das Hanh gesehen hatte. Es war auch auf dem Plan verzeichnet. Das war unser Treffpunkt. Unterwegs sprang mich nichts an. Als ich um die letzte Ecke bog, sah ich jedoch zwei Gestalten im grauen Korridor liegen.

DIE TREPPE ZUR HÖLLE

Die restlichen Reservisten waren bereits da und hatten einen Kreis um sie gebildet – bis auf Ayesha, die neben einem der beiden kniete. Hanh sah mich kommen und deutete auf mich. »Da ist er.«

Einer der beiden Liegenden war Oscar, der andere ein Mishawan, aber leider keiner, den ich kannte.

»Ist er …?«

»Nein, nur gelähmt«, sagte Gregory. »Das Alien hat sich auf uns gestürzt und ihn gestochen. Ayesha hätte es auch erwischt, wenn sie nicht auf die gleiche Idee gekommen wäre wie du.« Er zeigte auf meinen behelfsmäßigen Schild und dann auf den, der neben dem Mishawan lag.

Ayesha zerschnitt mit ihrem Messer gerade das Hemd des Aliens und legte seinen Oberkörper frei. »Schau sich einer diesen Scheiß an«, sagte sie und deutete auf seine ziemlich überraschende Anatomie. Es sah wie ein graues Strichmännchen aus: Zwischen der Stelle, wo bei einem Menschen das Schlüsselbein gewesen wäre, und seiner Körpermitte war das Geschöpf kaum breiter als eine Versandrolle. »Um erwachsene Menschen nachahmen zu können, müssen sie sich strecken. Da sie aber keine Möglichkeit haben, ihre Masse zu verändern, machen sie ihre Schultern und Hüften so breit, dass sie in menschliche Kleidung passen, und sparen ansonsten, wo sie können.«

»Dann sollten wir nicht auf ihre Brust zielen, weil wir die wahrscheinlich verfehlen«, sagte Gregory.

»Wie habt ihr den hier denn erledigt?«, fragte ich, obwohl ein Blick auf den Kopf die Frage eigentlich erübrigte.

»Ich habe ihm das Messer ins Gesicht gestoßen und dann wie mit einem Pürierstab darin herumgerührt. Dabei habe ich alles verquirlt. Sie haben wie gesagt keine Knochen. Ihre Köpfe sind wie Grapefruits. Wenn man nicht aufpasst, spritzt einem alles ins Auge. Man könnte sie wahrscheinlich mit dem Ellbogen zerquetschen.«

»Deswegen sieht Emily also wie eine Jugendliche aus. Wenn sie kleiner sind, müssen sie sich nicht so dünn machen.«

»Ja.«

»Und wo stecken die Organe?«

Ayesha schlitzte das Alien vom Bauch bis zum geschlechtslosen Unterleib auf. Als sie die graue Haut zurückzog, kamen tiefrotes Fleisch und indigoblaues Blut zum Vorschein.

Deepali schlug sich eine Hand vor den Mund. »Oh. Arrgh. Bäh.«

Ayesha warf ihr einen Blick zu. »Kotz mich bloß nicht voll. Wenn du einen schwachen Magen hast, musst du dich zusammenreißen. Das gilt übrigens für euch alle.«

»Es gibt einen Grund, wieso ich Steine erforsche«, sagte Deepali. »Die enthalten weder Blut noch andere Körperflüssigkeiten.«

»Für deine Neurosen haben wir keine Zeit. Ha, seht ihr das da?« Ayesha stieß mit dem Finger in verschiedene geblähte Säcke in der Körperhöhle. »Dieses Wesen hat sein Herz, die Lunge und den Magen im Beckenbereich zusammengequetscht. Ich wette, dass im Muskelgewebe der Beine noch jede Menge anderes Zeug steckt. Wenn ihr einen von den Erwachsenen nicht am Kopf treffen könnt, solltet ihr es mit der Beckenregion versuchen. Die Wahrscheinlichkeit, dass man darin etwas Lebenswichtiges erwischt, ist sehr hoch.«

»Wieso hat es nicht, äh …?« Deepali führte den Satz nicht zu Ende.

»Wieso hat es nicht was?«

»Im Tod wieder seine ursprüngliche Gestalt angenommen«, flüsterte Deepali.

»Weil so etwas nur in Werwolf-Filmen passiert. Wenn diese Drecksäcke hier abkratzen, dann durchlaufen ihre Körper keine komplexen biologischen Prozesse mehr. Sie behalten einfach das Aussehen bei, das sie zum Zeitpunkt ihres Todes hatten.«

»Tut mir leid.«

Ayeshas Blick wurde weich. Offenbar wurde ihr bewusst, dass sie zu barsch mit Deepali gesprochen hatte. »Ach, vergiss es. Ich weiß, dass das nicht dein Fachgebiet ist. Ich kenne mich ja auch nicht mit Steinen aus. Entschuldige bitte, dass ich dich so angeblafft habe.«

»Wir sollten von hier abhauen«, sagte Gregory, »bevor die Verstärkung eintrifft.«

»Gut, ich übernehme die Spitze.« Ayesha hob ihren Matratzenschild und schob den Arm hinein.

»Was ist mit Oscar?«, fragte Hanh.

Da ich der Stärkste von uns war, musste natürlich ich ihn tragen. Also reichte ich Deepali mein Messer und gab Gregory den Schild, damit er die Nachhut bilden konnte.

Dann packte ich Oscar und legte ihn mir im Rettungsgriff über die Schultern. »Los geht's, Kumpel. Ich kann dir zwar nicht versprechen, dass dieser Ritt nicht wehtun wird, aber wir werden dich die Treppe hinunterschaffen. Hoffentlich ist das Gift bald abgebaut.«

»Ich nehme sein Messer«, sagte Hanh.

Die Tür zum Treppenhaus war nicht gesichert. Daher hatten wir, bevor wir von den Schlüsselkarten erfuhren, beschlossen, sie zu benutzen.

Ayesha stieß sie auf und blickte schnell nach oben und unten. »Alles klar. Dann wollen wir mal.«

Hanh folgte ihr mit den beiden Messern, dann ich mit Oscar. Als Letzte betraten Deepali und Gregory die Treppe.

Während wir nach unten stiegen, fiel mein Blick auf den außerirdischen Schriftzug auf Hanhs Hemd. Dabei schoss mir durch den Kopf, dass er möglicherweise gar nicht ESSEN VERBOTEN lautete, wie Emily behauptet hatte. Wahrscheinlich war das nur eine ihrer vielen Lügen gewesen und die Botschaft lautete in Wahrheit EIN IMBISS FÜR SPÄTER oder HEISS UND FETTIG. Denkbar war auch: NUR ESSEN, WENN OHNE MISHAWAN-BEGLEITUNG UNTERWEGS.

»Deck fünf«, sagte Ayesha, als wir auf dem nächsten Treppenabsatz an einer Tür vorbeikamen. Das Schild darüber war zwar nicht auf Englisch beschriftet, aber es war klar, was darauf stand.

Ein Deck tiefer hörten wir über uns eine Tür aufgehen und dann die hohen Pfeifgeräusche der Mishawan.

Als wir Deck sieben erreichten, sah Gregory sie kommen. »Sie sind zu zweit.«

Ayesha eilte, dicht gefolgt von Hanh, zu Deck acht hinunter. Ihre Schritte schepperten auf den Metallstufen. Ich konnte nicht schneller laufen, da Oscar fast so viel wog wie ich und meine Knie unter der ungewohnten Last protestierten.

Deepali gefiel das gar nicht. »Schnell, Clint, sie holen uns gleich ein!«, schrie sie panisch. »Hörst du sie denn nicht?«

»Das ist im Moment meine Höchstgeschwindigkeit«, gab ich zurück. »Ihr müsst sie abwehren.«

»Ich bin keine Kämpferin und ganz bestimmt keine Mörderin, sondern Veganerin.«

»Die Mishawan sind aber *keine* Veganer, und sie werden dich fressen«, sagte ich über die Schulter. »Also kannst du sie entweder töten und später eine Therapie machen oder dich lähmen und bei lebendigem Leib fressen lassen. Ich wünschte, es wäre anders, aber so sieht es nun mal aus.«

»Danke für das Gespräch, Clint«, erwiderte sie wütend. »Und fick dich.«

»Wir stellen uns ihnen auf diesem Absatz entgegen«, übertönte Gregory die lauten Schritte und das ohrenbetäubende Kreischen der Aliens über uns.

Während ich die letzten Stufen zu Deck acht hinunterstolperte, griff Ayesha nach der Tür. Plötzlich flog sie auf, und zwei Mishawan in Kindergestalt stürzten sich auf sie. Ayesha hielt sich den Schild vors Gesicht und stach mehrfach schnell darunter hindurch. Da ich mit Oscar auf dem Rücken nicht kämpfen konnte, lief ich weiter. Doch dann hörte ich hinter mir einen der Aliens laut kreischen und gleich darauf Deepalis Schrei. Als ich mich umdrehte, verschlug es mir vor Entsetzen den Atem.

Die Geologin kippte mit blockierten Muskeln auf den Rücken. Ein Alien hatte sich auf sie gestürzt und ihr seine Stacheln ins Gesicht gebohrt. Obwohl es ihr widerstrebte, anderen Geschöpfen ein Leid zuzufügen, hatte sie ihrem Angreifer ein Messer in die Kehle gerammt – was ihn so sehr ablenkte, dass er sein Werk nicht zu Ende bringen konnte.

Gregory kämpfte unterdessen gegen einen neuen Schrecken, bei dem es sich vermutlich um einen Mishawan in seiner natürlichen Gestalt handelte – ein unbekleideter Vierbeiner mit komplett grauer Haut. Sein Körperbau erinnerte an eine extrem muskulöse Bulldogge, allerdings mit Klauen anstelle von Pfoten.

Die Augen und Stacheln an seinem kantigen Kopf wiesen ihn eindeutig als Mishawan aus. Seine Zähne waren auffälliger als die der anderen Aliens, da sie nicht von menschlichen Lippen verdeckt wurden. Anstelle einer Nase hatte er drei tropfenförmige Atemöffnungen mittig unter den Augen. Die spitzen, seitlich aus dem Kopf herausragenden Ohren waren nach hinten gewandt, sahen aber aus, als ließen sie sich in alle Richtung drehen.

Gregory wehrte die Stacheln erfolgreich mit dem Matratzenschild ab und stach immer wieder auf den kreischenden Mishawan ein.

Das andere Alien bekam mit, dass sein Begleiter in Gefahr war, und beschloss trotz des Messers im Hals, ihm zu Hilfe zu eilen.

Ich musste auch helfen. Als das menschlich aussehende Alien mit seinen Stacheln Gregorys Hosenbein durchbohrte und ihm Gift in den Oberschenkel pumpte, hievte ich mich und Oscar ein paar Stufen nach oben.

»Au, du Bastard!«, schrie Gregory und drehte das Messer in seiner Hand, um es dem Mishawan unter ihm ins Gesicht zu rammen. Doch sein Gegner blockte den Hieb mit einer Hand ab und wartete, bis das Gift seine volle Wirkung entfaltete. Das hundeartige Alien war so gut wie tot. Während es sich mit letzter Kraft treppauf zurückzog, quollen ihm indigoblaue Blutblasen zwischen den Zähnen hervor. Gregory brach zusammen und war damit genauso schutzlos wie Deepali. Doch ich hatte keine Waffen, um ihnen zu helfen.

Bis auf den siebzig Kilogramm schweren Oscar.

»Tut mir leid, Kumpel«, flüsterte ich und schleuderte ihn ächzend auf den Mishawan. Er landete mit einem dumpfen Aufprall auf dem Alien, das nun wie das Fleischstück zwischen zwei menschlichen Sandwichscheiben aussah. Es war offensichtlich, dass Oscar nicht lange auf unserem wild zuckenden Gegner liegen bleiben würde. Aber ich hatte genug Zeit, um Deepalis anderes Messer aufzuheben – das eigentlich meines war – und es dem Alien ins Genick zu rammen.

Die Klinge stieß nur auf wenig Widerstand, es fühlte sich tatsächlich an, als würde man eine Wassermelone oder Grapefruit zerschneiden. Ich drehte das Messer, um sicherzugehen, dass der Mishawan starb, und kletterte dann über alle Körper hinweg, um den Hundeartigen zu erledigen, der mittlerweile schon fast den nächsten Treppenabsatz erreicht hatte.

Auf einmal ertönte ein Alarm, die Lichter im Treppenhaus wurden rot. Unser kleiner Sieg war offensichtlich nicht unbemerkt geblieben. Eine hohe Mishawan-Stimme stieß ein paar unverständliche Silben aus. Zweifellos würden wir es in Kürze mit weiteren Gegnern zu tun bekommen. Und von uns waren nur noch drei kampffähig.

»Helft mir, sie nach unten zu schaffen!«, rief ich Ayesha und Hanh zu.

»Du gehst«, sagte Ayesha zu Hanh. »Ich sichere die Tür.«

Das war eine kluge Idee. Schließlich wollten wir auf keinen Fall hinterrücks überfallen werden.

»Entschuldige noch mal, dass ich dich so werfen musste«, sagte ich zu Oscar, während ich ihn von dem toten Alien herunterzerrte. Ich wusste, dass er mich hören konnte. »Ich hoffe, du hast dir nicht wehgetan. Die Wirkung des Gifts wird bald nachlassen. Dann kannst du mich wüst beschimpfen, wenn du möchtest.«

Ich trug Oscar hinunter, und Hanh quetschte sich an mir vorbei, um Deepali zu holen. Da am Fuß der Treppe nur wenig Platz war, musste ich Oscar mehr oder weniger aufrecht in eine Ecke setzen. Hanh hatte Mühe, Deepali zu bergen, schaffte es aber, indem sie die Hände unter die Achseln der Geologin schob, rückwärts ging und sie langsam die Stufen nach unten zerrte.

Ich nahm alle drei Messer an mich und ließ sie in den Schlitz im Schild gleiten. Dann wuchtete ich mir Gregory über die Schultern. Er war noch schwerer als Oscar. Ich ließ ihn fast fallen, als unten etwas gegen die Tür krachte. Ayesha und Hanh waren genauso erschrocken wie ich. Gleich darauf ertönte ein ohrenbetäubendes Kreischen.

»Hanh, hilf mir!«, rief Ayesha, die sich mit aller Kraft mit dem Rücken gegen die Tür stemmte.

Hanh lud Deepali rasch neben Oscar ab.

Während ich Gregory so schnell wie möglich die Stufen hinunterschleppte, sah ich, wie Deepali zur Seite kippte und mit dem Kopf in Oscars Schoß landete.

Die Tür erzitterte unter den Schlägen der Aliens, und das Kreischen auf der anderen Seite wurde noch lauter. Der Türgriff war niedriger angebracht und sah anders aus, als ich es von der Erde gewohnt war – eine horizontale Stange in einer halbkugelförmigen Vertiefung, die um neunzig Grad gedreht werden konnte. Wenn die Stange wie im Moment aufrecht stand, war das Schloss entriegelt. Ayesha und Hanh schafften es kaum, die Tür zuzuhalten. Die Aliens waren stärker als wir.

»Beeil dich, Clint!«, rief Ayesha.

»Bin dabei!« Ich setzte Gregory etwas weniger behutsam ab als geplant, sorgte aber dafür, dass er nicht mit dem Kopf gegen die Wand knallte und gerade sitzen blieb. Dann packte ich Deepali an der Schulter und setzte sie ebenfalls aufrecht hin.

»Was machst du da? Komm her!« Ayesha schrie, teils aus Frust, aber auch, um sich über das Gekreische der Aliens und den Schiffsalarm hinweg verständlich zu machen.

»Ich kann sie nicht so lassen!« Deepali hatte mein Vorschlag, vernunftbegabte Wesen zu töten und anschließend eine Therapie zu machen, schon nicht gefallen, da konnte ich sie schlecht auch noch gelähmt und mit dem Gesicht nach unten in jemandes Schoß liegen lassen. Ich konnte nur erahnen, wie sehr sie und Oscar sich gerade schämten.

»Verdammt, wir werden sterben!«

»Kann sein, aber dann wenigstens in Würde!«

Als unsere drei paralysierten Freunde ordentlich saßen, zog ich die Messer aus dem Schild und ließ zwei von ihnen bei Deepali und Gregory zurück. »Okay, was soll ich tun?«

»Du zielst hoch, ich niedrig. Hanh versucht, so gut es geht, die Tür zu blockieren.«

»Was?«

»Stell dich einfach mit erhobenem Schild dorthin,

und wenn die Tür aufgeht, stichst du auf diesen schreienden Bastard ein.«

»Okay.« Ich ging in Stellung und hielt den Schild hoch.

Ayesha nickte zufrieden und sagte etwas zu Hanh, das ich nicht verstand. Das Wummern und Kreischen ließ nicht nach. Ich warf einen Blick über die Schulter, um sicherzugehen, dass sich von oben keine weiteren Aliens näherten. Im Moment drohte aus dieser Richtung keine Gefahr.

Als ich wieder nach vorn blickte, trat Ayesha von der Tür weg, drehte sich um und kauerte sich mit erhobenem Schild und bereitem Messer vor meine Schienbeine. Sie nickte Hanh zu. Die Meeresbiologin wirbelte ebenfalls herum, packte den Griff und riss die Tür ein Stück weit auf. Das überraschte das Alien auf der anderen Seite so sehr, dass es mit dem Gesicht voran gegen meinen Schild taumelte.

Damit war, um es mit Marsellus Wallace' unsterblichen Worten zu sagen, der Moment gekommen, ihm eine Sprengkapsel in den Arsch zu schieben.

Normalerweise zerlege ich nicht einmal gern Grillhähnchen und esse lieber unförmige Nuggets, die nicht an das ursprüngliche Tier erinnern. Dann muss ich nicht darüber nachdenken, ob es sein Leben genossen hat. Doch beim Anblick des Mishawan zögerte ich nicht, ihn abzustechen.

Vielleicht lag es am Adrenalin oder an der Tatsache, dass ich hatte hören müssen, wie Janelle, das Einhornmädchen, meinen besten Freund gefressen hatte. Möglicherweise hatte aber auch die Säure der Schlacht den dünnen Firnis meiner Zivilisiertheit aufgelöst und einen uralten Jagdinstinkt in mir geweckt. Was immer es war, ich fühlte mich wie eines dieser Kokain-Hippos in Kolumbien. Meinem natürlichen Lebensraum entrissen, aber entschlossen, in meiner neuen Umgebung zu überleben, war ich bereit, alles zu töten, was sich mir in den Weg stellte.

Ich stieß das Messer unter dem Schild nach vorn und dem Alien durch den Unterkiefer ins Gehirn. Ayesha bot sich kein Ziel, da sein Körper außer Reichweite war, doch sobald ich den Angreifer getötet hatte, sprang sie auf und stieß ihn zurück. Ein weiteres Alien sprang kreischend an seine Stelle. Es senkte sofort den Kopf und griff uns mit seinen Stacheln an. Der Gelschaum in unseren Matratzenschilden hielt sie ab, doch einer fand seinen Weg durch den Spalt zwischen den Schilden und erwischte Ayesha am linken Oberarm. Sie fluchte und ließ mich wissen, dass sie möglicherweise gelähmt würde.

Ich nutzte die Gelegenheit, um dem Mishawan, der in diesem Moment verwundbar war, das Messer ins Gehirn zu rammen. Sein Kreischen brach ab, und ich stieß ihn durch die Tür zurück. Anschließend spähte ich hinaus, um nach weiteren Angreifern Ausschau zu halten, doch in dem breiten, von roten Lichtern erhellten grauen Korridor waren keine lebenden Aliens zu sehen.

»Im Moment ist die Luft rein«, meldete ich. »Ayesha, bist du in Ordnung?«

»Mein Arm ist taub, aber ansonsten geht's mir gut. Ein einzelner Stachel enthält anscheinend nicht genügend Gift, um uns zu lähmen. Lasst uns gehen. Wir müssen durch diesen Flur. Ich hätte nicht gedacht, dass wir drei Personen schleppen müssen.«

Darauf hatten wir uns von Anfang an geeinigt: Wir wussten, dass mindestens einer von uns betäubt werden würde, also hatten wir uns gegenseitig geschworen, jeden von uns zu schützen, der sich in diesem Zustand befand. Im Moment würde ich die anderen allein tragen müssen. Hanh hielt mit meinem Schild im Treppenhaus Wache, um alles zurückzuschlagen, was möglicherweise die Stufen herunterkam. Ayesha eskortierte mich und meine erste Fracht, Gregory, durch den Korridor zu einem abzweigenden Gang, der unseres Erachtens von Arrestzellen gesäumt sein musste.

Der Plan, den wir mühsam im Besprechungsraum entwickelt hatten, indem wir Notizen hin und her schoben, sah vor, dass wir, wenn sich die Chance dazu ergab, nicht nach oben, sondern nach unten stiegen, wo – wie ich seit meiner Sondenuntersuchung wusste – die übrigen Menschen gefangen gehalten wurden. Die Mishawan rechneten sicher damit, dass wir mit sechs Messern die Brücke stürmten, doch wir waren uns einig, dass das eine unkluge Taktik wäre. Natürlich würde es irgendwann nötig sein, die Brücke einzunehmen, doch zuvor hatten wir noch einige andere Aufgaben zu erledigen. Wie zum Beispiel Unterstützung zu holen und hoffentlich ein paar bessere Waffen aufzutreiben. Unterwegs so viele Aliens wie möglich zu töten stand natürlich ganz oben auf unserer Liste. Daher hatten wir vereinbart, uns an der unbewachten Treppe zu treffen, zu den unteren Decks zu gehen, um möglichst viele Gefangene zu befreien, und dann weiterzusehen.

Dass die Mishawan uns mit Waffen, Schlüsselkarten und einem Plan des Schiffes versorgt hatten, zeugte von deutlich mehr Fairplay, als wir von ihnen erwartet hatten. Ich fragte mich, ob Emily sich bislang gut unterhalten fühlte.

Wieso schlugen sie Alarm? Der Tod des ersten

Mishawan war offensichtlich nicht der Grund dafür gewesen. Insgeheim glaubte ich, dass sie ihn ausgelöst hatten, als ihnen klar wurde, dass wir nicht nur zusammenarbeiteten, sondern auch ein anderes Ziel als die Brücke hatten. Unten hatten sie keine Verteidigungskräfte in Stellung gebracht.

Ich setzte Gregory in einem Türeingang ab, in dem er vom breiten Korridor aus nicht zu sehen sein würde. Die Tür führte zu einem Zellenblock oder besser gesagt zu dem Bereich, der auf dem Schiffsplan als Vorratslager für lebende Nahrung gekennzeichnet war. Ayesha blieb bei Gregory und inspizierte das Schloss. Es war gesichert und musste mit einer Schlüsselkarte entsperrt werden. Sie spähte durch das Fenster im Türblatt, aber ich blieb nicht, um zu hören, was sie auf der anderen Seite sah, denn ich musste immer noch zwei Personen durch einen ungeschützten Bereich schleppen, bevor weitere Aliens anrückten. Und ich war sicher, dass sie schon bald auftauchen würden.

Als ich die Tür zum Treppenhaus öffnete, hörte ich sie bereits die Stufen herunterpoltern. Oscar rappelte sich mühsam auf. Offenbar verlor das Gift seine Wirkung. Somit mussten wir nur noch Deepali von hier fortschaffen.

»Okay, gut. Hanh, du nimmst Deepali und bringst sie zu Ayesha rüber. Lass mir den Schild da. Ich halte dir den Rücken frei.«

Den Geräuschen nach zu urteilen, kamen diesmal mehr als zwei Mishawan die Treppe herab.

Ich hielt die Tür auf, und Oscar taumelte durch den Korridor zu Ayesha und Gregory. Hanh folgte ihm. Sie schleifte Deepali erneut hinter sich her. Mir wurde bewusst, dass ich ganz allein auf mich gestellt mit einem

Schild unmöglich mehrere Aliens aufhalten konnte, vor allem, wenn sie aus einer erhöhten Position angriffen. Als drei in höchsten Tönen jaulende Hundeartige in Sicht kamen, musste ich zugeben, dass ich auf verlorenem Posten stand.

Ich eilte in den Korridor, knallte dem vordersten Alien die Tür vor der Nase zu und riss den Türgriff herum. Anschließend stützte ich mich mit meinem gesamten Gewicht darauf und hoffte, dass sie ihn so nicht drehen konnten.

Während ich so dastand, hörte ich ein Stück den Flur hinab weitere Stimmen herannahen. Egal ob die drei Aliens die Tür aufbrechen oder andere hinter mir auftauchen und mich mit der Klinke ringen sehen würden: Ich war völlig allein und ungeschützt.

EMILY TV

Zusätzlich zu den versteckten Kameras, die Gregory zu Recht überall vermutete, gab es auch versteckte Bildschirme. Während die Mishawan abwechselnd gegen die Tür trommelten und den Griff zu drehen versuchten, schlug ein quadratischer Ausschnitt des Türblatts plötzlich Wellen. Dann glättete er sich und erwachte flackernd zum Leben.

»Hallo, Clint!«, sagte Emily. Sie strahlte mich an, als wäre sie meine beste Freundin und nicht ein Raubtier, das versprochen hatte, mich zu fressen. Sie hatte kein Recht, mich so anzulächeln.

»Leck mich«, sagte ich und stöhnte, als mir der Türgriff fast aus der Hand rutschte. Ich ließ den Schild fallen und packte ihn mit beiden Händen so fest, dass die Fingerknöchel weiß hervortraten. Mit der Linken drückte ich die eine Seite nach unten, während ich mit der Rechten die andere nach oben zog, um den Griff in der Waagrechten zu halten.

»Ich wollte mich nur bei euch dafür bedanken, dass ihr uns eine so interessante Überraschung bereitet habt. Ihr Menschen könnt ganz schön clever sein, wenn man euch keinen Hinterhalt legt. Und genau das mussten wir herausfinden. Auf eurem Planeten war uns das nicht möglich, ohne die gesamte Mission zu gefährden. Dafür war uns noch zu vieles über euch unklar – wie ihr gerade eindrucksvoll demonstriert habt. Bravo.«

»Ich dachte, ihr hättet euch viele unserer Filme angeschaut und unsere Geschichte studiert. Da hattet ihr doch schon genügend Anschauungsmaterial.«

»Tja, die Filme sind frei erfunden, oder etwa nicht? Bloß irgendwelche Geschichten mit Stuntmen und Drehbüchern, und viele der Stunts sind zusätzlich auch noch digital aufgepeppt. Das war alles kein Beweis, dass ihr wirklich irgendetwas zustande bringt.«

»Wir verstehen einiges von Kriegsführung.«

»Na ja, in letzter Zeit war in dieser Hinsicht nicht gerade viel los bei euch. Euer letzter Krieg ist schon eine ganze Weile her. Ihr bezeichnet die Menschen von damals als die ›Großartigste Generation‹, nicht wahr?«

»Ich bin ein Millenial, und wir zerstören alles. Frag die Boomer, wenn du mir nicht glaubst.«

»Ich kenne diesen Konflikt zwar, kann ihn aber nicht nachvollziehen. Soweit ich es verstehe, geht es dabei vor allem um Avocado-Toast. Auf jeden Fall ziehe ich den Hut vor eurer Idee mit diesen Schilden, Clint, und ich wollte mich noch einmal aufrichtig bei euch bedanken, bevor ihr verspeist werdet. Ihr habt uns wirklich fantastische Informationen geliefert. Alles, was ihr tut, hilft uns dabei, Sicherheitsprotokolle für die bevorstehende Kolonisierung zu entwickeln.«

»Wir treten euch in den Hintern. Das ist es, was wir tun.«

»Ehrlich? Ihr habt es geschafft, fünf unbewaffnete Mishawan zu töten. Dabei wart ihr jedes Mal in der Überzahl. Bislang musstet ihr noch keinen ernst zu nehmenden Angriff abwehren.«

»Willst du mir etwa einreden, die drei, die die Tür aufzubrechen versuchen, meinen es nicht ernst?«

»Sie sind ernsthaft hungrig«, erwiderte Emily kichernd. Dann sagte sie etwas, das ich nicht verstand, weil ich gerade zu sehr abgelenkt war.

»Was war das?«

»Ah, du kannst mich nicht gut hören. Warte einen Moment.« Sie wandte den Kopf zur Seite und sprach mit jemandem außerhalb des Kameraausschnittes. »Stell den Alarm ab.«

Hinter ihr sah ich einige Monitore und Konsolen mit diversen Knöpfen und Kontrollleuchten. Vielleicht war sie auf der Brücke. Der Alarm verstummte, und die Lichter leuchteten wieder weiß. Nun konnte ich das Kreischen der Mishawan hinter der Tür viel deutlicher hören, und auch die Stimmen der übrigen Aliens, die sich aus anderen Richtungen näherten.

Im Korridor tauchten vier von ihnen auf, menschliche Gestalten mit Kappen auf den Köpfen. Eine deutete auf mich. Gleichzeitig bogen zu meiner Rechten fünf heulende Mishawan-Hunde um dic Ecke.

Emily summte vergnügt. »Diesmal sind wir zahlenmäßig überlegen, stimmt's? Aber mach dir deswegen keine allzu großen Sorgen. Die werden dich nur lähmen. Sie dürfen zwar die anderen essen und sollen es möglichst so tun, dass du alles mitbekommst, aber dich habe ich für mich reserviert, Clint. Immerhin bist du meine Reserve. Ich wette, du schmeckst sagenhaft lecker.«

Noch nie hatte ich ein denkendes Wesen so sehr töten wollen wie in diesem Moment. Ich betete inbrünstig für einen Todesstrahl, einen atomaren Sprengkopf oder ein großes Fass Napalm und die Chance, all das gegen

Emily einzusetzen. »Wie kann ich den Sender wechseln?«, fragte ich.

Sie lachte, während die Tür erbebte und der Riegel in meiner Hand sich drehte. Die Mishawan im Korridor jubelten vor Freude.

MOB-MENTALITÄT

Ein paar schrille Worte aus dem Off wischten Emilys Lächeln weg. »Was?«, fragte sie. »Zeig es mir.« Dann wurde der Bildschirm gnädigerweise dunkel. Im nächsten Moment fand ich heraus, was ihr Missfallen erregt hatte.

Ayesha war in den Zellenblock eingedrungen und hatte ein paar Gefangene befreit. Eine Horde wild dreinblickender nackter Menschen strömte aus dem Arrestbereich in den Korridor und schirmte mich sofort auf allen Seiten gegen die heranrückenden Mishawan ab. Ein sehr großer, aber flinker junger Mann, der eindeutig ein defensiver Footballspieler, wahrscheinlich ein Nose Tackle war, rief mir zu, ich solle die Tür loslassen und zur Seite treten.

»Mach Platz, Bruder, wir kümmern uns darum!«, sagte er und stürmte auf die Tür zu. Ich glaubte ihm und ließ den Griff los. Während ich einen Schritt nach links machte, um meinen Schild und das Messer aufzuheben, flog die Tür auf und ein Mishawan trat heraus. Der Nose Tackle machte ihn sofort platt und drang, dicht gefolgt von ein paar weiteren Leuten, ins Treppenhaus ein.

Wir hatten einen blutrünstigen Mob auf unserer Seite. Bislang waren es ein paar Hundert, doch Tausende weitere würden hinzustoßen. Jede Menge Leute, die in einen Hinterhalt gelockt, entführt und in Zellen gesteckt worden waren, in denen es nichts gab, mit dem sie sich waschen oder in das sie sich erleichtern konnten. Sie waren dreckig, stinksauer und wussten ganz genau, was auf dem Spiel stand: Sie hatten die Wahl zwischen kämpfen und vielleicht überleben oder nicht kämpfen und definitiv sterben.

Es war an der Zeit zu improvisieren. Als Erstes versorgte ich sie mit den wichtigsten Informationen. »Ihr befindet euch auf Deck acht!«, rief ich. »Die Brücke ist ganz oben auf Deck eins! Geht nach oben und sichert unterwegs alle Decks!« Diese Sätze wiederholte ich immer wieder und hörte, wie andere sie aufgriffen und weitergaben. Dann fiel mir noch etwas ein. »Die Nahrungsmittelverarbeitung ist auf Deck sieben! Vielleicht gibt es dort Messer oder andere Werkzeuge, die man als Waffen verwenden kann! Bewaffnet euch! Tötet sie alle! Ja, verdammt!«

Ich hätte niemals geglaubt, dass ich, ein Physiker, so etwas sagen würde. Doch nun musste ich alle meine bisherigen Vorstellungen, wie mein Leben sein würde, über Bord werfen. Das hier war eine andere Zeitachse als die, auf der Clint Beecham niemals gekidnappt worden war, und »*Tötet sie alle*« gehörte in dieser Realität definitiv zu den Dingen, die ich sagen sollte und würde.

Ich rief weiter meine Anweisungen, während immer mehr Leute aus dem Zellenbereich herbeiströmten und entweder die Treppe hinaufstiegen oder sich auf dem Deck verteilten. Gleichzeitig sah ich mich nach den anderen Reservisten um. Dazu musste ich nur nach Personen Ausschau halten, die bekleidet waren.

»Sie sind stark, haben aber keine Knochen! Ihr könnt ihnen die Köpfe zerquetschen! Sichert auf jedem Deck die Türen! Lasst nicht zu, dass sie uns aussperren! Die Brücke befindet sich auf Deck eins! Ihr seid auf Deck acht!«

Plötzlich blieb ein Mann vor mir stehen. Er hatte asiatische Gesichtszüge, war genauso kräftig und groß wie ich und sprach mit einem britischen Akzent. »Bist du Clint?«

»Ja.«

»Ayesha hat gesagt, dass du hier warten sollst. Sie kommt mit Gregory her. Die anderen werden weiter Gefangene befreien und dann … Moment, warte mal.« Er ließ den Blick über die Wände gleiten. »Sie können uns hören, oder?«

»Ja.«

»Aber vielleicht nicht mitten im Gedränge«, überlegte er. »Lass uns ein Stück von der Wand weggehen.« Wir bahnten uns einen Weg durch den Menschenstrom bis in die Mitte des Korridors. Schließlich blieb er stehen und beugte sich dicht an mein Ohr. »Oscar, Hanh und Deepali stellen einen Trupp zusammen und gehen zum Maschinenraum.«

»Zum Maschinenraum? Warum denn?«

»Um das Schiff entweder zu zerstören, wenn die Aliens siegen, oder um zu verhindern, dass sie es tun, wenn wir Erfolg haben.«

Ich blinzelte. »Darauf wäre ich ewig nicht gekommen. Ich bin froh, dass wir ein paar erfahrene Soldaten dabeihaben. Warst du auch beim Militär?«

»Ja, ich habe in der Royal Air Force gedient. Lieutenant Teddy Gopal.«

»Teddy. Ich freue mich, dich kennenzulernen, und ich liebe dich. Ich wollte, dass du das noch mal von jemandem hörst, falls … du weißt schon.«

Er riss erstaunt die Augen auf, dann wurde sein Gesichtsausdruck weich. Er klopfte mir ein paarmal auf die Schulter. »Ich verstehe. Ich liebe dich auch.«

»Danke. Was steht als Nächstes auf dem Plan, Lieutenant?«

»Wir sichern die Treppenaufgänge und sorgen für Chaos. Außerdem müssen wir euch mit euren Schlüsselkarten nach oben schaffen, weil sie sich bestimmt bald verbarrikadieren werden. Ich kann mir vorstellen, dass sie das Kartensystem demnächst lahmlegen. Wir brauchen Waffen oder Werkzeuge, mit denen wir die Türen manuell öffnen können.«

Das war ein guter Punkt. Ich bezweifelte, dass Emily sich weiter an die eigenen Spielregeln halten würde, wenn es danach aussah, als würden die Mishawan mehr als nur ein paar Besatzungsmitglieder verlieren. Vermutlich verfasste sie gerade in diesem Moment eine Anweisung an zukünftige Kolonisten, den Menschen niemals eine Chance zur Gegenwehr zu lassen.

»Aber wir werden ihnen trotzdem den Arsch aufreißen, richtig?«

»Ja, natürlich. Obwohl noch gar nicht alle frei sind, bin ich mir ziemlich sicher, dass wir ihnen jetzt schon zahlenmäßig überlegen sind.«

»Das Alien, das hier das Sagen hat, will höchstpersönlich von meiner Bauchspeicheldrüse kosten und überwacht mich bestimmt die ganze Zeit. Wenn du bei etwas unbeobachtet sein willst, dann mach es besser nicht in meiner Nähe.«

»Oh, das ist gut zu wissen. Du bist also unsere Ablenkung.«

Ayesha und Gregory tauchten aus dem Menschenstrom auf und gesellten sich zu uns.

»Gut, dass du ihn gefunden hast«, sagte Ayesha zu Teddy. Dann wandte sie sich mir zu. »Auf geht's, Clint.«

»Wohin wollen wir?«

»Nach oben.«

DIE VERARBEITUNG

Natürlich gab es noch weitere Treppenaufgänge im Schiff. Die befreiten Gefangenen machten sie schon bald ausfindig. Ayesha hatte ihnen drei grundsätzliche Befehle mit auf den Weg gegeben:

- Tötet sie alle, damit sie nicht uns alle töten.
- Benutzt und sichert die Treppen. Geht nach oben.
- Sichert die Aufzüge, aber benutzt sie nicht.

Die letzte Anweisung war eigentlich überflüssig, weil die Fahrstuhltüren nur mit den Schlüsselkarten geöffnet werden konnten. Doch wir wollten nicht, dass jemand einen offenen Fahrstuhl fand und ihn benutzte, da die Mishawan von der Brücke aus die Steuerung übernehmen und den- oder diejenigen in einen Hinterhalt führen konnten. Außerdem wollten wir die Aufzüge überwachen, um sämtliche Einsatzkräfte abzufangen, die sie gegen uns mobilisieren würden.

Wir ließen die Treppe, auf der wir heruntergekommen waren, hinter uns – nicht nur, weil sie völlig überfüllt war, sondern auch, weil wir ein anderes Ziel ansteuerten. Stattdessen führte Ayesha uns in die Richtung, aus der die hundeartigen Mishawan gekommen waren, denn dort gab es eine Treppe, über die wir zu dem Ort gelangen würden, der auf dem Plan als *Nahrungsmittelverarbeitung* gekennzeichnet war.

Ich rutschte fast in einer indigofarbenen Blutpfütze

aus und musste über ein paar tote Mishawan hinwegsteigen. Der Mob hatte sie in Stücke gerissen. Es lagen auch mehrere paralysierte Menschen im Weg, die in diesem Gedränge nicht zur Seite geschafft werden konnten. Um die mussten wir ebenfalls herumgehen.

Ich fragte mich, was all diese Menschen auf einer anderen Zeitachse, auf der sie nicht gekidnappt worden waren, wohl in diesem Augenblick machten. Die Vorstellung war schwindelerregend. Vielleicht besorgten sie sich gerade auf dem Weg zur Arbeit in einem Drive-in einen Kaffee und Donuts und reihten sich dann wieder in den zähen Berufsverkehr ein und wünschten sich, ihr Leben wäre nicht so langweilig.

Aber wahrscheinlich hatten die Mishawan die meisten von ihnen so wie mich beim Urlaub in der freien Natur aufgegriffen, wo ihr Verschwinden nicht sofort auffiel. Also schleckten sie vielleicht gerade in einem kleinen Bergdorf ein Eis und lauschten einem der letzten verbliebenen Vögel auf dem Planeten. Doch in meiner Realität jagten sie als Teil eines Mobs Aliens durch ein interstellares Raumschiff.

Nun, wenigstens war es sicher interessanter als alles, was sie in ihrer Arbeit taten.

Wir drängten uns an mehreren Menschenansammlungen vorbei, die sich um gefallene Mishawan gebildet hatten, und gelangten schließlich zu der gesuchten Treppe. Sobald wir durch die Tür traten, teilte Ayesha den Leuten um uns herum mit, dass wir zur Fleischverarbeitungsanlage unterwegs waren, um uns mit Waffen einzudecken.

»Dort sehen wir bestimmt ein paar üble Sachen«, sagte sie, »aber das ist der Ort, an dem wir Messer, Sägen und dergleichen finden.«

Es herrschte kein Mangel an Freiwilligen, die sich uns anschließen wollten.

Der Eingang zur Fleischfabrik war eine unauffällige, mit einem Schlüsselkartenterminal gesicherte Schiebetür.

»Ich weiß nicht, was uns auf der anderen Seite erwartet«, sagte Ayesha. »Macht euch also auf alles gefasst und schaltet die Aliens aus.«

Gregorys Karte öffnete die Tür, und mehrere nackte Menschen, darunter auch Teddy, traten vor uns ein.

Drinnen erwartete uns der reinste Horror.

Es war ein großer Industriebetrieb, wie ein Schlachthof auf der Erde. In einer langen Reihe hingen an den Füßen gefesselte Menschen kopfüber von Haken. Ihre Kehlen waren aufgeschlitzt, ihr Blut floss in Auffanggefäße, um später zu Suppe oder irgendwelchen anderen Mishawan-Gerichten verarbeitet zu werden.

Ein Stück weiter wurden die Organe aus dem Bauch entfernt, sortiert und verpackt. Dahinter zertrennten kreischende Knochensägen die Leichen. Aus den abgeschnittenen Köpfen wurden erst die Gehirne und dann die Augäpfel entnommen. Zuletzt wurden die Wangenstücke herausgeschnitten und die Ohren abgetrennt, die vermutlich getrocknet und als Zwischenmahlzeit verzehrt wurden.

Im Hintergrund hörten wir Menschen *»Nein!«* und *»Bitte nicht!«* schreien. Sie befanden sich am Eingang zum Schlachthof, wo sie aufgehängt und paralysiert wurden, bevor die Aliens ihnen die Kehlen durchschnitten.

»Alle dort rüber, rettet diese Leute!«, schrie Ayesha. Wir stürmten los und attackierten sämtliche Aliens, die uns in den Weg kamen – es müssen mindestens dreißig, höchstens sechzig gewesen sein. Ich wehrte eines mit meinem Schild ab und erstach es. Schließlich bog ich um die Ecke, hinter der die Schreie ertönten.

Ein wie ein menschlicher Erwachsener aussehender Mishawan hielt ein Werkzeug mit Zacken in der Hand, das wie ein Viehtreiber aussah und einen Zylinder mit Gift enthielt. Damit lähmte er die Menschen, die mit einer Metallplatte aus einer Schütte herausgeschoben wurden. Daraus folgerte ich, dass der Giftvorrat in ihren Stacheln nicht unerschöpflich war. Ein hundeartiger Mishawan fing die reglosen Menschen auf. Er fesselte sie an den Fußgelenken und hängte sie an Haken, mit denen sie zur Schlachtung weiterbefördert wurden. Getötet wurden sie von zwei weiteren Mishawan, die blutbespritzte Schürzen trugen und Messer in den Händen hielten.

Wir brauchten einen Sekundenbruchteil, um zu begreifen, was wir da sahen. Dann rasteten wir aus. Ayesha, Teddy und ein paar andere stürzten sich auf den Kerl mit dem giftigen Viehtreiber und den Hundeartigen, Gregory und ich gingen derweil gemeinsam mit unseren restlichen neuen Freunden auf die Aliens mit den Messern los. Sie hatten für diese Arbeit menschliche Beine ausgeformt, ansonsten aber ihre hundeartigen Oberkörper und zahnbewehrten Gesichter beibehalten.

Ich hatte auch ein Messer und wusste aus Erfahrung, dass man damit das Matratzenmaterial durchdringen konnte. Aber ich war sicher, dass der Schaum eine Klinge abbremsen und vielleicht sogar einen tödlichen Stich verhindern würde. Also ging ich mit meinem Schild voran. Einen Moment später spürte ich einen Stich in meinem Unterarm, als einer der Schlachter sein Messer darin vergrub.

Mit einem Ruck entriss ich ihm die Waffe. Im Gegensatz zu mir hatte er keinen Schild, um meine Klinge abzuwehren. Doch mein erster Stoß bewirkte nicht viel – der Mishawan duckte sich und bekam nur einen Kratzer ab –, und der zweite ging komplett daneben. Er holte mit den Stacheln zum Gegenangriff aus, aber ein Mann warf sich auf ihn und fing die mir geltenden Stiche mit dem Gesicht ab. Da er das Alien dabei unter sich begrub, konnte es meinem nächsten Messerstoß nicht mehr ausweichen.

»Danke, Bruder«, sagte ich zu dem Mann, der zusehends erschlaffte. Ich zog ihn von dem Mishawan herunter und lehnte ihn aufrecht sitzend an ein paar aufeinandergestapelte Blutkübel. Er war ungefähr so groß wie ich, hatte braune Haut und sah sehr fit aus. Er schien ungefähr Anfang zwanzig zu sein. »Wir haben hier ein paar Menschen das Leben gerettet, und du hast mich gerettet.« Mit zusammengebissenen Zähnen zog ich stöhnend das Messer aus dem Unterarm und legte es neben seiner rechten Hand auf den Boden. »Das hast du dir redlich verdient. Ich heiße Clint. Wenn das Gift seine Wirkung verliert, kannst du mir deinen Namen verraten.«

Nachdem Gregory und seine Mitstreiter mittlerweile auch den zweiten Schlachter erledigt hatten und die Gruppe um Ayesha und Teddy die anderen beiden, konnten wir fünf paralysierte, aber lebendige Menschen von den Haken nehmen und neben den Mann setzen, der mir zu Hilfe gekommen war. Unterdessen wurden noch immer Menschen automatisch aus der Schütte geschoben. Ayesha rekrutierte sie einen nach dem anderen und sagte ihnen, dass sie mitkommen und mit uns ein paar Motherfucker kaltmachen sollten.

Wir zogen durch das Schlachthausdeck. Anfangs

starben dabei ein paar Leute, deren Namen ich leider nie erfahren sollte, doch je mehr Waffen wir fanden, desto weniger Verluste erlitten wir. Außerdem erhielten wir Verstärkung von ungefähr fünfzig weiteren Menschen, die in die Fleischfabrik geschoben wurden und erkannten, dass wir sie gerettet hatten.

Die Fleischhaken waren perfekte Waffen, mit denen wir das knochenlose Gewebe der Mishawan mühelos durchbohren und ihnen so maximalen Schaden zufügen konnten. Die Blutkübel verwendeten wir als Schild gegen die Stacheln. Zudem erwiesen sie sich als wirkungsvolle stumpfe Schlagwaffen.

Als die Fabrik gesichert war, ging Gregory umher und betrachtete mit Expertenblick die Maschinen an den verschiedenen Stationen.

Ich entdeckte etwas Paketband, mit dem ich die Wunde an meinem Arm zuklebte. Während die ersten Gelähmten wieder zu sich kamen, fragte ich Ayesha, was wir ihrer Meinung nach als Nächstes tun sollten.

»Wir gehen wieder rauf«, entgegnete sie. »Diesmal bis ganz nach oben.«

Mehr als fünfzig bewaffnete und zum Teil mit Schilden bewehrte Menschen hatten viel bessere Überlebenschancen als unsere anfänglich sechsköpfige Gruppe. Noch mehr Kämpfer breiteten sich über die Treppen im ganzen Schiff aus und machten den Aliens das Leben zur Hölle.

Zu Deck eins zu steigen hörte sich wie eine gute Idee an, doch als wir den Raum verlassen wollten, versagten unsere Schlüsselkarten den Dienst.

»Mist, sie wurden deaktiviert«, sagte Ayesha. »Wahrscheinlich reicht es Emily inzwischen. Sie hat uns hier eingesperrt.«

VON DER RESERVELISTE GESTRICHEN

Emily schien uns zugehört zu haben, denn in diesem Moment tauchte sie auf einem weiteren Monitor auf der Tür auf. »Hallo, Clint und Ayesha! Ich habe sowohl gute als auch schlechte Neuigkeiten! Die gute Nachricht ist, dass ihr Menschen uns ehrlich beeindruckt habt! Allein und in Zweiergruppen wart ihr so leicht zu überwältigen und euer Wissensstand ist so gering, dass wir glaubten, es würde ganz einfach mit euch werden. Ein paar von uns hielten sogar den Messertest für überflüssig. So nennen wir das hier übrigens: den Messertest. Wir machen das mit allen Spezies, deren Planeten wir kolonisieren wollen. Ein paar nehmen die Messer und stürzen sich hinein. Andere machen sich allein auf die Jagd und töten so viele von uns, wie sie können. Aber ihr Menschen seid da ganz anders. Wow! Wenn ihr euch zusammentut, macht ihr ganz schön was her. Offensichtlich kennt ihr nur entweder Furcht und Gehorsam oder totale Mordlust. Damit komme ich zu der schlechten Nachricht. Wir wissen jetzt alles Nötige. Wir wissen, dass wir euch weiterhin aus dem Hinterhalt angreifen müssen, da euer Widerstandsgeist wirklich unfassbar ist. Und das bedeutet, dass das Spiel jetzt vorbei ist. Ihr habt ja schon mitbekommen, dass die Schlüsselkarten nicht mehr funktionieren. Also bleibt, wo ihr seid. Aber ihr habt ja keine andere Wahl. Ha, ha! Wir kommen in Kürze vorbei und löschen euch aus. Euer Reservestatus ist damit aufgehoben, und niemand wird euch für später aufheben. Aber noch mal: Hut ab, Clint! Du bist wirklich superschlau, das klügste Essen, das mir je über den Weg gelaufen ist. Eine echte Zierde für deine wohlschmeckende Spezies.«

»Hast du die Wette gewonnen, Emily?«

»Was?«

»Du hast gesagt, ihr hättet Wetten abgeschlossen. Wer von euch hat sein Geld darauf gesetzt, dass ihr unsere Schlüsselkarten deaktivieren müsst, weil wir so viele von euch abschlachten? Hat irgendwer richtig getippt?«

Sie blinzelte mich mit ihren riesigen Augen verdutzt an.

»Wieso kommst du nicht runter und unterziehst dich selbst dem Messertest, Emily?«

Irgendwo auf dem Deck rief Gregory nach Ayesha und mir, und ich wandte mich von dem Alien ab.

»Wo gehst du hin, Clint?«, fragte Emily.

»Weg. Hey, ihr alle, könnt ihr bitte mal für mich blankziehen?«

Die vielen nackten Menschen in der Fabrik drehten sich um. Dann bückten sie sich und präsentierten Emily ihre dreckigen Hintern. Wahrscheinlich begriff sie gar nicht, dass sie beleidigt wurde, aber wir fühlten uns danach trotzdem besser.

Gregory stand neben einer Maschine, die auf den ersten Blick wie eine Fleischsäge aussah: Sie bestand aus einem halbmondförmigen Gerät, das an einem verstellbaren Haltegestell aufgehängt war. Die gesamte Konstruktion schwebte über einem blutbefleckten Schneidetisch.

»Was hast du da?«

Er schaltete die Maschine an, woraufhin ein eng gebündelter blau-weißer Lichtstrahl aus dem Halbmond herabschoss und einen Millimeter über der Tischplatte stoppte. »Das ist ein Laserschneidbrenner. Für uns wäre er völlig übertrieben, aber bei anderen Spezies mit festerer Knochenstruktur könnte er durchaus notwendig sein. Oder bei dichten Exoskeletten, mit denen eine normale Fleischsäge nicht klarkommt.«

»Heilige Scheiße.«

»Ich bin ziemlich sicher, dass er über eine unabhängige Energieversorgung verfügt. Wenn wir ihn ausbauen, könnte er vielleicht die Tür aufschneiden.«

»Und jede andere Tür«, erwiderte ich.

»Dann brauchten wir keine Schlüsselkarten mehr«, sinnierte Ayesha. »Lasst es uns versuchen. Was braucht ihr dazu?«

Gregory deutete auf ein paar Bolzen, mit denen der Schneidbrenner am Tisch befestigt war. »Etwas, um die zu lösen. Wir benötigen das Werkzeug, das sie dazu verwenden.«

Da der Schneidbrenner unsere beste Chance war, aus der Fabrik zu entkommen, schickte Ayesha alle auf die Suche nach Alien-Werkzeug. Teddy fand einen ganzen Satz, der in eine schmutzige Schürze gewickelt war. Einer der darin enthaltenen Schraubenschlüssel passte.

Wir entdeckten schnell, dass der gesamte Apparat sehr schwer war. Zwei Leute mussten den halbmondförmigen Schneidbrenner tragen, damit er nicht unkontrolliert pendelte und jemandem den Schädel einschlug, ein weiterer das Gestell. Gregory schaute nach, ob man den Schneidbrenner von der Halterung abkoppeln konnte, doch es waren nirgends weitere Schrauben zu entdecken.

Die beiden Elemente waren fest miteinander verbunden. Als wir um Träger baten, meldeten sich neun Freiwillige. Damit hatten wir drei Gruppen, die sich beim Tragen abwechseln konnten. Wir waren so effizient und mörderisch, wie man es von einer Gruppe Nackter überhaupt nur erwarten konnte.

Der Mann, der mir gegen den Schlachter geholfen hatte, kam herüber, um mir für das Messer zu danken. Er hieß Derron Folsom und spielte als Linebacker für die Buffaloes. Emily hatte ihn ebenfalls im Rocky Mountain National Park entführt, als er dort gerade mit einem seiner Teamkameraden beim Wandern gewesen war.

»Ist dein Teamkamerad zufällig ein Nose Tackle?«

»Ja. Kennst du ihn?«

»Nur sehr flüchtig. Er ist in einen Treppenaufgang voller Mishawan gestürmt und hat es ihnen wahrscheinlich ganz schön gegeben. Aber ich weiß nicht, was aus ihm geworden ist.«

»O Mann. Da bin ich erleichtert. Ich hatte Angst, dass er bereits … du weißt schon.« Er deutete auf die Ecke des Schlachthauses, in der tote Menschen von Haken hingen. »Vielleicht lebt er nicht mehr, aber dann ist er wenigstens kämpfend gestorben. Mehr können wir im Moment nicht verlangen.«

»Nein, das sehe ich anders. Wir können verlangen, dass wir gewinnen.«

Seine Augenbrauen schossen in die Höhe. »Glaubst du wirklich?«

»Na ja, immerhin haben wir jetzt einen Laser.« Ich zeigte mit dem Daumen auf Ayesha. »Und sie hat einen Plan.«

DER PLAN

»Okay, passt gut auf«, sagte Ayesha zu den Umstehenden. Diejenigen, die sie verstehen konnten, gaben ihre Instruktionen an die Übrigen weiter, die zu weit weg waren, um sie zu hören. »Wahrscheinlich wissen sie schon, dass wir einen Laser haben. Und sie werden bald dahinterkommen, was wir damit vorhaben. Also müssen wir schneller sein, als sie reagieren können. Wir befinden uns auf Deck sieben. Die Brücke ist auf Deck eins. Sobald wir durch diese Tür sind, müssen alle so rasch wie möglich die Treppe rauf. Das Laserteam kommt als Letztes. Die beiden Ersatzteams bilden die Nachhut. Alle, die vorausgehen, müssen den Weg freikämpfen und sämtliche noch unbewachten Türen sichern. Wenn ihr auf Deck eins seid, müsst ihr auf alles vorbereitet sein. Sie werden nicht mehr mit uns spielen, wir aber auch nicht mit ihnen. Hier geht es nicht nur darum, unsere eigenen Ärsche zu retten. Wir kämpfen auch für all die ahnungslosen Menschen daheim auf der Erde. Für eure Familien und Freunde. Sobald wir die Tür zur Brücke erreichen, schneiden wir ein Loch hinein und übernehmen das Schiff.«

»Und dann?«, fragte Teddy.

»Das überlegen wir uns, wenn es so weit ist. Team eins, ihr seid dran. Schneidet uns hier heraus.«

»Eins noch«, rief ich, bevor wir auseinandergingen.

»Ich kenne nicht all eure Namen. Ich hoffe, dass ich euch noch besser kennenlernen werde. Aber für den Fall, dass es nicht klappt, möchte ich euch allen nur sagen, dass ich euch liebe.«

Ayesha lachte. »Verdammt, Clint. Du bist total mit deinen Gefühlen in Einklang, was? Softer als Kartoffelbrei. Damit will ich nur sagen: Vielen Dank, und ich liebe euch auch alle. Aber jetzt müsst ihr eure positiven Gefühle zur Seite schieben und den Mörder in euch von der Leine lassen. Auf geht's.«

Wir knurrten unsere Zustimmung und begaben uns zur Tür. Tatsächlich waren wir alle wieder mordlüstern. Von einem Gefühlsextrem ins andere wechseln können wir Menschen wirklich gut. Ich hatte keine Ahnung, ob die Mishawan ebenfalls dazu in der Lage waren. Ich wusste nicht einmal, ob sie die Liebe in all ihren Ausprägungen kannten. Unser bisheriges Verhältnis hatte keinen intensiven kulturellen Austausch zugelassen. Hätte ich gewusst, dass Emily irgendwo ein Tagebuch mit Liebesgedichten versteckte, hätte ich dann gezögert, sie zu töten? Wahrscheinlich nicht. Wer auch immer das Objekt ihrer Liebe wäre, er würde mich genauso gern fressen wie sie. Ich konnte mir keine Gnade leisten. Dafür stand zu viel auf dem Spiel. Außerdem war ich bei Weitem nicht der Einzige, der sich an ihr rächen wollte.

Der Laserschneidbrenner war extrem unhandlich, und die Mitglieder von Team eins stöhnten, während sie damit die Tür aufschnitten. Doch sie schafften es und übergaben den Apparat für den Weitertransport an Team zwei.

Derron trat das ausgeschnittene Rechteck aus dem Türblatt und gab damit den Blick auf eine Gruppe von

Mishawan frei, die uns gerade den Rücken zuwandten. Im Korridor lagen augenscheinlich gelähmte Menschen. Andere versuchten, sich an einer Reihe von Aliens mit Schilden vorbeizudrängen. Dabei machten sie großen Radau. Was wahrscheinlich der Grund war, weshalb niemand mitbekommen hatte, wie wir uns einen Weg durch die Tür brannten.

Teddy und ich schlüpften als Erste durch das Loch und entdeckten, dass die Aliens nicht nur Einsatzschilde, sondern auch Waffen trugen. Und diesmal waren es keine Messer.

An Bord eines Raumschiffes ist der Einsatz von Geschossen und Granaten generell nicht ratsam. Die Gefahr, ein Loch in die Hülle zu reißen, ist einfach zu groß, und kein Sieg wiegt einen explosionsartigen Druckverlust auf. Genauso leicht kann eine Kugel, die in ein Antriebs- oder Lebenserhaltungssystem einschlägt, jedem den Tag ruinieren. Doch die Mishawan standen auf ihre Blutgifte und sahen kein Problem darin, rasiermesserscharfe Scheiben auf nackte Menschen abzufeuern. Sie flogen nicht schnell genug, um die Schiffswände oder Ausrüstungsgegenstände zu durchschlagen, gruben sich aber einen oder zwei Zentimeter tief in ungeschütztes Fleisch. Das auf den Scheiben aufgebrachte Gift brauchte zwar ein paar Sekunden, um seine Wirkung zu entfalten, aber dafür war es zu hundert Prozent effektiv, wie man an den Gefallenen sah.

Sechs Mishawan hielten mit Schilden den nackten Mob zurück, während dahinter sechs weitere die vergifteten Scheiben ins Gedränge schossen. Sobald die Getroffenen die Kontrolle über ihr neuromuskuläres System verloren, brachen sie zusammen und gerieten den anderen in den Weg. Die Mishawan stiegen über sie und rückten langsam vor. Hinter den sechs Schützen fesselten zwei weitere Aliens die Gelähmten an Armen und Beinen, damit sie auch dann noch außer Gefecht sein würden, wenn die Wirkung des Toxins nachließ.

So wollten sie also die Kontrolle wiedergewinnen.

Wahrscheinlich wäre es vernünftiger gewesen, die Treppe zu nehmen und die beiden Gruppen fürs Erste ihrem Schicksal zu überlassen. Doch eines der beiden Aliens mit den Fesseln sah wie ein kleines blondes Mädchen aus. Sie trug eine pinke Baseballkappe und ein Einhorn-T-Shirt.

Das war Janelle.

Diejenige, die Derek gefressen hatte.

JANELLE

Ich stieß keinen Schlachtruf aus und gab den anderen, die hinter mir die Fleischfabrik verließen, auch nicht Bescheid, was ich vorhatte. Stattdessen stürmte ich einfach auf sie zu. In diesem Moment war mir egal, ob unser Plan funktionieren würde. Ich wollte bloß meinen Freund rächen.

Als ich nahe genug an Janelle heran war, stürzte ich mich mit einem Hechtsprung auf sie.

Leider sah sie mich kommen und wich im allerletzten Moment zur Seite aus, sodass mein Schlag sie nur streifte, während ich an ihr vorbeiflog. Sie ging zwar zu Boden, blieb aber unverletzt, und ihr entsetzter Schrei machte die Aliens mit den Schusswaffen darauf aufmerksam, dass sich hinter ihnen ein Problem anbahnte.

Ich rappelte mich rasch auf, war aber nicht schnell genug, um Janelle daran zu hindern, das Gleiche zu tun. Genauso wenig schaffte ich es, den scharfkantigen Scheiben auszuweichen, die sich durch mein Hemd in meinen Rücken frästen. Da mir nur wenige Sekunden blieben, bevor die Lähmung einsetzte, griff ich meine Gegnerin erneut mit vorgerecktem Schildarm an.

Janelle riss sich unterdessen die Kappe vom Kopf und entblößte ihre Stacheln. Sie versuchte, mein Gesicht zu attackieren, doch ich hob den Arm und drückte sie mit dem Schild gegen die Wand. Ich hätte gern etwas Prägnantes wie »Das ist für Derek« gesagt, doch dafür hatte ich keine Zeit. Stattdessen schlug ich ihr mit aller Kraft aufs rechte Auge. Als meine Faust auf der Rückseite ihres Schädels wieder austrat und Janelle kreischend an meinem ausgestreckten Arm baumelte, brach ich zusammen. Zu spät bohrten sich ihre Stacheln in mein Fleisch. Während wir gemeinsam zu Boden rutschten, eilten mir Teddy und die befreiten Gefangenen zu Hilfe.

Sie heizten dem Mishawan-Trupp ordentlich ein. Die Schützen mussten kehrtmachen und sich der neuen Bedrohung stellen. Doch damit handelten sie sich mehrere Probleme ein. Zum einen würden sie von Teddy und seinen Mitstreitern, die nicht von Schilden gebremst wurden, früher oder später überwältigt werden. Zudem würden die Menschen auf der anderen Seite, wenn sie nicht mehr unter Beschuss standen, schon bald über die Schildträger herfallen.

Überwältigen klingt supereinfach, da das Wort einen völlig wehrlosen Gegner impliziert. Doch so fühlt es sich nicht an, wenn man als einer der Ersten auf den nominell unterlegenen Feind zustürmt.

Nach meinem Sturz war meine Sicht zum Teil blockiert, aber ich bekam mit, wie Teddy mit einem Kübelschild an mir vorbeistürmte – dicht gefolgt von Derron, der mit einem Kübel und einem Messer bewaffnet war. Ich hörte, wie Derron sagte: »Verdammt, nicht schon wieder.« Dann fiel er neben mir zu Boden.

Die befreiten Gefangenen eilten herbei, um zu beenden, was ich begonnen hatte. Während sie mit der Überwältigung des Feindes beschäftigt waren, trampelten einige von ihnen auf mir herum, was viel mehr schmerzte als die Wunden von den scharfkantigen Giftscheiben. Erfreulicherweise traten sie aber auch auf Janelle und zerquetschten sie dabei zu Brei. Ich wurde mit Blut bespritzt – sowohl menschlichem als auch indigoblauem –, und irgendwer schien auf mir zu sterben. Danach sah ich kaum noch etwas.

Ich stöhnte gequält, aber nicht wegen der Quetschungen – die würden wieder verheilen. Weit mehr schmerzte mich, dass der Kampf damit für mich möglicherweise vorbei war und ich von der Umsetzung unseres Planes nichts mehr mitbekommen würde.

Das Handgemenge mit dem Mishawan-Einsatztrupp war intensiv, dauerte aber nur dreißig oder vierzig Sekunden. Ich wusste, nun würden meine Mitstreiter weiterziehen und mich wie alle anderen Gelähmten auf diesem Deck zurücklassen. Ich war gespannt, ob das Gift der Scheiben genauso schnell seine Wirkung verlieren würde wie das in den Stacheln.

Doch dann durchdrang Ayeshas Stimme den Lärm und erfüllte mich mit neuer Hoffnung. »Wo ist Clint?«

»Hier drüben, glaube ich«, erwiderte Teddy.

»Hol ihn. Er scheint wirklich viel zu wissen, und wir brauchen ihn vielleicht noch.«

Was oder wer auch immer auf mir lag, wurde heruntergezogen, und Teddy richtete mich zu einer gekrümmten Sitzhaltung auf. Dann zog er mit einem lauten Schmatzen Janelles leblosen Körper von meinem Arm und drapierte mich über seine Schultern – so, wie ich es zuvor mit Oscar und Gregory gemacht hatte. Allerdings war ich im Gegensatz zu ihm dabei bekleidet gewesen.

Teddy war tagelang ohne sanitäre Einrichtungen eingesperrt gewesen, und der Rettungsgriff machte es nötig, dass sich meine Nase in unmittelbarer Nähe zu seinem Hintern befand.

Unter anderen Voraussetzungen – wären wir zum Beispiel enge Freunde gewesen und er hätte eine Jeans getragen – wäre es ein recht ansehnlicher Hintern gewesen, für den ich ihm vielleicht sogar ein kleines Kompliment gemacht hätte. Dann hätte Teddy sich an dem Wissen erfreuen können, dass er von hinten einen einwandfreien Anblick bot. Unter den gegebenen Umständen wünschte ich mir jedoch beinahe, Ayesha hätte mich vergessen und im Korridor liegen lassen.

Während des langen holprigen Aufstiegs zu den nächsten Decks schloss ich die Augen und dachte darüber nach, was all die anderen Clint Beechams auf ihren angenehmeren Zeitachsen wohl gerade taten. Ich wusste nicht einmal, an welcher Position der Marschordnung ich mich befand. Wieder ganz vorn?

Nein. Ich war eindeutig am hintersten Ende.

HALTET DIE TÜR!

Teddy Gopal erwies sich als ein zwar miefender, aber sehr zuvorkommender Träger, der mich ständig darüber informierte, was während unseres Aufstiegs geschah. Im Übrigen nahm ich ihm seinen Gestank nicht übel, da ich nach allem, was er durchgemacht hatte, bestimmt auch nicht besser gerochen hätte. Anfangs teilte er mir nur mit, wo wir uns gerade befanden: »Deck sechs ... Deck fünf ...«

Als wir Deck vier erreichten und anhielten, erklärte er jedoch: »Über uns wird gekämpft. Die Türen sind nicht gesichert. Es sieht aus, als ob ... ja. Auf jedem Deck. Die Aliens lassen uns nicht aus dem Treppenhaus. Wir können den Laserschneidbrenner nicht hinaufschaffen, solange sie die Ausgänge unter Kontrolle haben. Die Leute oberhalb von Deck drei stecken in der Falle. Aber ... Moment ... Wir schicken Verstärkung nach Deck drei. Ich werde zur Seite treten.«

Wir drückten uns an die Wand, um die Leute vorbeizulassen, die nach oben eilten. Seit der Befreiung der Gefangenen hatten wir genug Kämpfer für solche Scharmützel, während die Mishawan vermutlich am Rande ihrer Kapazitäten waren. Wenn alles gut lief, mussten sie abgesehen von diesem noch zwei weitere Treppenhäuser gegen uns verteidigen. Wobei ihnen unser Aufgang wegen des Lasers vermutlich der wichtigste war.

Teddy ermunterte die Leute hinter uns dazu, sich ebenfalls an uns vorbeizuzwängen und in den Kampf einzugreifen. Es folgte ein langer angespannter Moment, in dem ich abgesehen von seinem Rücken nichts sah, aber dafür alles roch und hörte. Ich vernahm menschliche Schreie, lautes Stöhnen und das schrille Kreischen der Mishawan. Immer mehr Leute stiegen an uns vorbei und entschwanden mit lauten Schritten meinem Blick, doch das Problem schien sich nicht lösen zu lassen.

»Auf dem Absatz von Deck drei stapeln sich Tote und Paralysierte«, sagte Teddy. »Ein scheußliches Durcheinander. Er ist schwer zu stürmen.«

Schmerzhaft heiße Nadelstiche durchzuckten meinen Körper, das Signal, dass die Wirkung des Giftes nachließ und ich wieder etwas fühlen und die Muskeln bewegen konnte. »Lass mich runter, Teddy«, sagte ich.

»Oh! Du bist wieder da? Fantastisch.«

Wir ächzten beide, als er mich absetzte. Noch etwas unsicher auf den Beinen, dankte ich ihm für seine Mühe. Ich trug immer noch den Schild, da ich den linken Arm bis zum Ellbogen in den Schlitz geschoben hatte, doch ich hatte keine Waffe mehr.

Bei Teddy war es genau umgekehrt. Er hatte sein Messer festgehalten, aber dafür den Kübel zurückgelassen.

»Womit haben wir es zu tun? Nur mit ihren Stacheln oder mit diesen Scheibenpistolen?«

»Ich glaube, mit den Pistolen.«

»Wir brauchen Schilde.«

»Wir haben keine.«

»Wir haben alles, was wir brauchen. Da oben liegen lauter Leute, richtig? Die müssen wir in Schilde verwandeln und durch die Tür schieben. Anschließend stürmen die Bewaffneten hinaus und walzen die Aliens platt.«

»Oder wir errichten eine Barrikade aus Körpern und sichern damit die Tür. Wir müssen das Deck nicht erobern, sondern nur dafür sorgen, dass wir ungestört zu Deck eins weiterziehen können.«

Ich blinzelte. »Du hast recht.«

Teddy erklärte zwei Leuten, die gerade an uns vorbeigingen, was zu tun war, doch sie eilten einfach weiter; dabei sahen sie ihn an, als hätte er sie um Kleingeld angebettelt. Frustriert drehte er sich zu mir um. »Du musst die Befehle erteilen. Niemand hört auf einen Nackten.«

Ich lachte, weil es wahrscheinlich stimmte. »Na gut, gehen wir weiter.«

Die Träger des Laserschneidbrenners, darunter auch Gregory, standen an der Seite der Stufen, die zu Deck drei führten. Als ich sie passierte, hörte ich von unten jemanden meinen Namen rufen und drehte mich um, um zu sehen, wer es war.

»Derron! Komm hoch.« Da er ungefähr zur selben Zeit wie ich paralysiert worden war, ergab es durchaus Sinn, dass er auch gerade jetzt nach oben kam. Er besaß noch seinen Schild und das Messer.

Da gerade die meisten in unsere Richtung sahen, nutzte ich die Gelegenheit für eine kleine Ansprache. »Hört mal alle zu. Ihr seid neu und kennt vielleicht noch nicht den Plan.« Es dauerte ein paar Sekunden, bis alle stehen blieben, doch Teddy hatte recht gehabt: Die Tatsache, dass ich bekleidet war, führte tatsächlich dazu, dass die Leute mir zuhörten. »Wir haben einen Laserschneidbrenner, der nach Deck eins geschafft werden muss. Doch diese Aliens auf Deck drei sind ein Problem. Wir müssen die Tür erobern und einen Weg für den Schneidbrenner bahnen. Dazu brauchen wir Körper. Menschliche Schutzschilde. Ihr hebt einen auf oder besorgt einen Freiwilligen und drängt mit ihm die Mishawan zurück. Schafft um die Tür herum möglichst viel Platz, damit die Träger des Schneidbrenners durchkommen. Später gebt ihr demjenigen, den ihr als Schild verwendet habt, einen Drink aus. Wir müssen zusammenarbeiten. Also los!«

Ich nahm an, dass Ayesha weiter oben war, entweder auf Deck zwei oder schon auf dem Weg zu Deck eins, und ich hoffte, dass es ihr gut ging.

Als wir uns Deck drei näherten, stellte sich heraus, dass die Mishawan nicht nur die Tür, sondern auch den Treppenabsatz verteidigten. Zumindest beugte sich einer von ihnen übers Geländer und beschoss uns mit ein paar Giftscheiben.

Eine davon traf Derron an der Schulter. »*Verdammt noch mal!* Mich hat's erwischt! Irgendjemand muss mich als Schild verwenden!«

Teddy drehte sich zu mir um. »Lass mich dein Schild sein, Clint. Nimm mein Messer. Ich versuche, mich so lange wie möglich auf den Beinen zu halten.«

Ich erhob keine Einwände. Teddy war zwar ein bisschen schmaler gebaut als ich, hatte ansonsten aber genau die richtige Größe für einen Schild. Als er mir die Arme um den Hals legte, nahm ich erst meinen Matratzenschild ab und gab ihn jemand anderem, bevor ich Teddy unter den Achseln packte. Mit der rechten Hand musste ich ganz vorsichtig sein, da ich darin das Messer hielt. Ich klemmte ihm den Griff in die Achselhöhle, sodass die Klinge von seinem Rücken abstand. Als ich losging, merkte ich sofort, dass ich große Mühe hatte, mich nicht in seinen Beinen zu verheddern.

»Hör mal«, sagte ich, »leg mir besser die Beine um die Hüften.«

»Bist du sicher?«

»Ich habe mir nicht umsonst diese Radfahrerbeine antrainiert. Tu's einfach.«

Wegen der Stufen gaben meine Beine ohnehin nur ein kleines Ziel ab und mussten nicht extra geschützt werden.

Teddy tat wie geheißen. Sobald er die Füße hinter meinem Rücken verhakt hatte, lief ich so schnell wie möglich nach oben. Dabei schwankte ich ziemlich, da es selbst mit Oberschenkeln wie Baumstämmen keine leichte Aufgabe ist, einen ausgewachsenen Mann die Treppe hinaufzutragen. Der Feind sah uns kommen.

Teddy keuchte auf, als sich zwei Scheiben in seinen Rücken gruben. »Oooh, ich hasse sie so sehr. In einer Sekunde bin ich weg. Gute Jagd, Clint. Ah!«

Zwei weitere Scheiben trafen ihn, und er verstummte, doch sein Körper schirmte mich wie geplant ab. Einer der Mishawan auf dem Treppenabsatz trat nach uns, aber ich sah den Angriff kommen und hob mein Messer so, dass es seine Fußsohle durchbohrte. Als er kreischend das Bein zurückzog, rammte ich ihn mit Teddy um und zerstampfte seinen Kopf. Als Nächstes wirbelte ich auf dem glitschigen Absatz herum, um die Geschosse zweier weiterer Mishawan abzufangen – einer stand neben der Tür auf dem Treppenabsatz, der andere im Durchgang.

Hinter ihm sah ich weitere Aliens auf Deck drei. Dorthin mussten wir sie zurückdrängen. Doch angesichts der vielen Körper auf dem Treppenabsatz, menschlichen und mishawanischen, fand ich keinen sicheren Stand. Das Alien, dessen Kopf ich zerquetscht hatte, zuckte, und Teddy wurde auch nicht gerade leichter. Ich rang bereits nach Luft.

Als ich einen Ausfallschritt nach rechts machte und das Messer mühsam auf das Gesicht des Mishawan auf dem Treppenabsatz richtete, wich dieser hilfreicherweise und sehr zum Unmut seiner Kameraden zur Tür zurück. Mir wurde bewusst, dass sie mich umzingeln würden, wenn ich durch diese Tür trat, was unweigerlich das Ende von Clints und Teds fabelhaftem Abenteuer sein würde. Irgendwann mussten wir allerdings durchbrechen, um die Tür zu schließen. Sie öffnete sich zwar in Richtung Treppenhaus – wahrscheinlich damit sie nicht den Korridor blockierte –, und ich konnte sie theoretisch auch von innen verriegeln, doch das würden die Mishawan nicht zulassen.

Teddys Beine waren von meinen Hüften gerutscht, und ich hielt ihn allein mit den Händen unter seinen Achseln aufrecht. Es war suboptimal, im Moment jedoch die einzige Möglichkeit, die Mishawan aufzuhalten.

»Ich könnte hier etwas Hilfe brauchen«, rief ich. Und dann bekam ich sie. Zwei weitere Teams hatten unsere Idee aufgegriffen und liefen die Treppe herauf. Da die Personen, die ihnen als Schilde dienten, noch keinen Treffer abbekommen hatten, trugen sie einen Teil ihres eigenen Gewichts. Sie riefen mir zu, Platz zu machen, und ich gehorchte, während sie durch die Tür pflügten. Sie bekamen zwar die gesamte Schlagkraft der mishawanischen Gegner ab, schufen dabei aber genügend Platz für eine Horde von Einzelkämpfern, die ausschwärmten und die Stellung der Aliens überrannten.

Ich drückte jemandem mein Messer in die Hand und rief, dass die Körper vom Treppenabsatz geräumt und die Tür gesichert werden mussten. Während die anderen sich an die Arbeit machten – wobei sie die Mishawan einfach durch den Treppenschacht bis zu Deck zehn hinunterfallen ließen –, schaffte ich Teddy in eine Ecke und sah mir seinen Rücken an.

»Ich werde jetzt diese Scheiben entfernen. Hoffentlich können wir dich bald verarzten.«

Einen Treffer hatte ich offenbar verpasst, denn alles in allem waren es fünf. Aus den Wunden sickerte zwar Blut, aber nicht unkontrollierbar. Also war keine Arterie verletzt, und er würde bald wieder auf dem Damm sein.

»Das war gut«, sagte ich zu ihm. »Es hat funktioniert. Die Tür gehört jetzt uns. Kannst du irgendein Geräusch machen, so etwas wie einen Vokal?«

»Iiiii.«

»Gut. Dann sagen wir *iiiii* steht für ja und *ooooo* für nein.« Ich verwendete zwar nur ungern Emilys System, aber es war praktisch. »Okay, du hast fünf Dosen Mishawan-Gift in dir, und wir wissen nicht, wie lange es dauern wird, bis die Wirkung nachlässt. Willst du mitkommen oder es aussitzen? Ja für mitkommen und nein für aussitzen.«

»Iiiii.«

»Also gut, dann gehen wir weiter.« Ich bedeutete den Leuten um mich herum, sich wieder in Bewegung zu setzen. »Sichert die Decks eins und zwei!«

Ein paar Leute stürmten zu Deck zwei hinauf. Da sie mehr menschliche Schilde dabeihatten als der vorherige Angriffstrupp, mussten sich die Mishawan dort oben schnell geschlagen geben. Danach schlossen wir die Türen zu beiden Decks, damit die Träger unbehelligt den Laserschneider nach oben schaffen konnten. Ich legte mir Teddy über die Schultern und führte die anderen nach Deck eins. Die Schlepperei war anstrengend, und ich bekam kaum noch Luft, aber es war mir lieber so, als von Teddy getragen zu werden.

Ayesha stand mit ein paar anderen auf dem obersten Absatz. Ein Mann versuchte vergeblich, den Türgriff zu drehen.

»Hey, Clint. Sie haben uns ausgesperrt.«

»Ein kurzer Schuss mit dem Schneidbrenner direkt über den Griff wird sie dazu bringen loszulassen. Dann könnt ihr die Tür aufmachen und stürmen.«

»Der Plan gefällt mir. So machen wir es.«

Ich musste aus dem Weg gehen und auf den Stufen warten, während Gregory und die Träger den Laser zur Tür schafften. Ayesha brachte noch ein Team mit Messern und provisorischen Schilden in Stellung, dann aktivierte Gregory den Schneidbrenner.

Ein Schrei hinter der Tür verriet uns, dass der Strahl eines der Aliens verbrannt hatte. Ein Mann, den ich nicht kannte, versuchte noch einmal die Türklinke, und diesmal ließ sie sich mühelos bewegen. Als er die Tür mit Schwung aufzog, sprang Ayesha mit zwei anderen hindurch.

Auf der anderen Seite erwarteten sie lediglich drei Mishawan, von denen einer verwundet war. Ayesha wurde trotz ihres Schildes von Stacheln getroffen und ging paralysiert zu Boden. Ihren beiden Begleitern erging es ebenso. Doch in der Zwischenzeit stürzten sich bereits die nächsten Angreifer auf die Gegner und schlugen ihnen die Köpfe ein.

Gregory schaute mich an und fragte: »Was jetzt,

Clint?« Offenbar hatte ich vorübergehend das Kommando. Ich wusste nicht, ob Teddys Hintern neben meinem Gesicht mir mehr oder weniger Autorität verlieh, aber sie schien zu reichen, um Befehle zu erteilen.

»Wir gehen zur Brücke. Ich weiß nicht, wieso diese Tür so lax bewacht war. Sie müssen eigentlich wissen, dass wir kommen.«

Gregory deutete in den Korridor, wo in diesem Moment eine kleine Gruppe nackter Menschen um die Ecke bog.

»Offenbar ist inzwischen mindestens noch ein weiteres Treppenhaus komplett in unserer Hand.«

Aus irgendeinem Grund hatte ich die anderen vergessen, doch nun fiel mir wieder ein, dass wir einen enormen zahlenmäßigen Vorteil haben mussten, wenn alle Gefangenen befreit worden waren.

»Gut. Bislang ist der Plan aufgegangen. Mit einem Ausbruch dieser Größenordnung haben sie nicht gerechnet.« Die Mishawan hatten keine Mühe mit uns gehabt, solange wir lediglich wenige gewesen waren, doch mehreren Tausend verzweifelten Menschen würden sie nur mit einem großen Einsatzkommando beikommen können. Der kleine Trupp, den sie zu uns geschickt hatten, war zwar gescheitert, doch möglicherweise waren sie andernorts erfolgreicher gewesen. Mir kam der Gedanke, dass wir eigentlich mehr Menschen auf Deck eins hätten sehen müssen. Vermutlich hielten die Mishawan sie irgendwo weiter unten fest.

»Kann irgendwer Ayesha tragen? Wir gehen zur Brücke.«

CAPTAIN EMILY

»Hallo, Clint!« Emilys Gesicht erschien auf einer Tür in der Wand des Korridors.

»Nicht langsamer werden«, sagte ich zu den anderen.

»Clint?« Sie tauchte auf der nächsten Tür auf, und ich ignorierte sie erneut. Bei der danach versuchte sie, mich mit einer Drohung aufzuhalten. »Ich kann meinen Leuten auf der Erde immer noch befehlen, eure Familien auszulöschen, Clint.«

Ich behielt das Tempo bei und schaute nicht in die Türkamera, da ich davon ausging, dass sie mich ohnehin hören konnte. »Egal was du tust, ihr werdet heute sterben.«

»Wir werden euch auf keinen Fall die Brücke übernehmen lassen. Vorher vernichten wir das Schiff.«

»Das ist uns recht«, sagte ich, und es stimmte. »Mach das.« Auf einer anderen Zeitachse waren Letitia und ich glücklich und führten ein großartiges Leben. Wir machten schicke Dinge wie Käse kaufen, dessen Namen wir nicht aussprechen konnten, und einmal pro Jahr ins Spa gehen.

Aber auch hier hatte ich es zumindest für kurze Zeit gut gehabt. Und wenn ich bedachte, wie viel schlimmer alles hätte kommen können, hatte ich das Gefühl, jederzeit ohne Reue abtreten zu können. Zumindest hatte ich Janelle erledigt. Das konnte mir keiner mehr nehmen.

»Uns ist nur wichtig, dass ihr es nicht nach Hause schafft. Also nur zu. Wenn du uns alle ins Verderben reißt, hat die Menschheit gewonnen. Ich bin mir sicher, auf diesen Ausgang hat keiner von euch gewettet.«

Emily erschien auf einem weiteren Monitor. Ihre Fröhlichkeit war komplett verschwunden. »Es ist noch nicht vorbei, Clint.«

»Oh, das weiß ich. Noch nicht. Aber schon bald, so oder so.«

Der nächste Monitor ging an. »Wenn ihr euch mit diesem Schneidbrenner an der Brückentür zu schaffen macht, erwartet euch eine äußerst unangenehme Überraschung.«

»Soll uns das zur Aufgabe bewegen? Alles hier ist unangenehm.«

Danach belästigte sie mich nicht mehr. Wir bogen um eine Ecke und gelangten in einen Korridor voller nackter Flüchtlinge. An seinem Ende befand sich eine versiegelte Tür, auf die mehrere Menschen einhämmerten.

»Macht bitte Platz!«, rief ich. »Wir haben einen Laserschneidbrenner.« Ich musste die Aufforderung noch ein paarmal wiederholen, doch schließlich teilte sich die Menge und ließ uns durch.

Gregory gehörte zwar nicht zu der Mannschaft, die gerade den Schneidbrenner trug, doch der alte Robotik-Experte genoss sichtlich den Jubel, als den Leuten klar wurde, was diese Ankündigung bedeutete.

An der Tür angekommen, drehte ich mich um und bat mit erhobenen Händen um Ruhe. Als schließlich alle zuhörten – vermutlich auch die Mishawan –, sagte ich: »Hallo, miteinander. Ich bin Clint. Dieses Hinterteil hier auf meiner Schulter gehört Lieutenant Teddy Gopal von der Royal Air Force. Er ist ein toller Typ, aber im Moment ein bisschen paralysiert. Er wird später mit euch sprechen.« Höfliches Gelächter erklang. »Auf der anderen Seite dieser Tür wird es einen üblen Kampf geben. Die Chance, einen Deal auszuhandeln, bei dem sie uns heimbringen und vergessen, dass es uns gibt, ist gleich null. Viel wahrscheinlicher ist, dass sie ihr Schiff zerstören werden, damit es uns nicht in die Hände fällt. Aber uns geht es gar nicht darum, nach Hause zurückzukehren, stimmt's? Wir müssen nur dafür sorgen, dass *sie* es nicht zurückschaffen, dann wird unsere Heimat sicher sein. Ich wollte nur noch mal klarstellen, was auf dem Spiel steht und was passieren wird. Für uns wird es kein glückliches Ende geben, aber wir werden dafür sorgen, dass ihres auch bitter wird. Also setzt eure Mörderhüte auf. Sobald wir ein Loch in diese Tür geschnitten haben, geht ihr dort rein und macht sie alle kalt.«

Von allen Seiten ertönte zustimmendes Brummen, und die Mannschaft mit dem Schneidbrenner ging auf die Tür zu.

Ich hob die Hand. »Einen Moment. Wie heißt ihr?«

»Jorge«, sagte der Mann zu meiner Linken, der das Gestell hielt. Er war ein Lateinamerikaner mit breiten Schultern.

»Grant«, antwortete der rothaarige Weiße in der Mitte.

»DongWon«, sagte der Koreaner rechts außen.

»Seid ihr alle am gleichen Ort entführt worden?«

»Jorge und ich stammen aus San Francisco«, erwiderte DongWon. »Sie haben uns in Muir Woods erwischt.«

»Ich bin aus England«, sagte Grant.

»Also gut. Jorge, Grant, DongWon, danke, dass ihr das hier tut. Ich bin froh, dass ihr hier seid, und wir alle lieben euch.«

Einen Moment lang schauten sie mich perplex an, doch dann merkten sie, dass ich es ernst meinte, und lächelten. Genau wie die nickenden Gesichter um uns herum.

»Danke«, sagte Grant.

Sie hoben den Schneidbrenner bis zur Oberkante der Tür und schalteten ihn ein. Als sie ihn ungefähr drei Zoll weit bewegt hatten, ertönte ein lauter Knall und Grants Oberkörper explodierte in einer Wolke aus Blut, Knochensplittern und Eingeweidefetzen. Als sein Leichnam stürzte, erschraken Jorge und DongWon so sehr, dass sie den Laser fallen ließen. Er schlug donnernd auf dem Boden auf und erlosch.

Die Mishawan hatten also doch Projektilwaffen. Was immer sie verschossen, hatte die Tür und Grants Rumpf durchschlagen, ehe es im Oberkörper eines weiteren Menschen stecken geblieben war – einer Frau, die hinter Grant gestanden hatte. Sie schrie auf und brach mit einer Art Kugel im Bauch neben mir zusammen. Das verpasste unserer Türzerstörungszeremonie einen ordentlichen Dämpfer.

Die verwundete Frau wurde weggeschafft. Zwei der Anwesenden erhielten den Auftrag, sie zur Krankenstation hinunterzubringen und zu schauen, ob dort etwas für sie getan werden konnte. Wir mussten ohnehin herausfinden, was es dort für Möglichkeiten gab.

»Dann können wir sie wohl nicht aufschneiden«, sagte ich.

»Doch, können wir, und wie«, entgegnete Gregory

und schluckte vernehmlich, ehe er mit lauterer Stimme fortfuhr: »Das war die Waffe eines Offiziers. So eine bekommt nicht jeder. Es ist eine Pistole, die normalerweise nur zu zeremoniellen Anlässen getragen wird. Aber sie ist funktionsfähig für den Fall, dass ein Deserteur oder Meuterer erschossen werden muss. Ich weiß nicht, wie viele Patronen man mit einer Mishawan-Pistole abfeuern kann, bevor man nachladen muss, aber es können nicht unendlich viele sein. Ganz sicher haben sie nicht mehr Munition als wir Leute, um diese Tür aufzuschneiden. Die Frage ist nur, wer willens ist, sein Leben zu opfern, um sie für die anderen aufzubekommen.« Gregory deutete auf den rothaarigen Mann, der mit einem großen Loch im Oberkörper auf dem Deck lag. »Ich habe vorhin kurz mit Grant gesprochen. Er war ein Schlachter aus Sheffield und wurde genau wie ich aus dem Peak District National Park in England verschleppt. Er ist nicht für Königin und Vaterland und ganz sicher nicht für den Tory-Trottel in der Downing Street Nummer 10 gestorben, sondern für uns alle. Ich bin ihm zum ersten Mal im Schlachthaus auf Deck sieben begegnet. Auf dem Weg hier herauf sagte er zu mir: ›Alle meinen immer, man wolle gar nicht wissen, wie die Wurst gemacht wird. Aber in Wahrheit weiß es jeder von uns. Auf die eine oder andere Weise sehen wir es jeden Tag. Wir sind alle nur Fleisch für den Fleischwolf und werden so lang in diesem oder jenem Saft mariniert, bis wir in die rotierenden Klingen gestoßen werden.‹ Ich glaube, damit hatte er recht. Allerdings kann sich kaum jemand den Zeitpunkt seines Todes selbst aussuchen, nicht wahr? Nun, ich wähle diesen Moment.« Er zeigte wütend auf die Tür. »Ich werde diesen Schneidbrenner nehmen und mit erhobenem Haupt in den Fleischwolf springen. Und wenn ich tot bin, wird einer von euch an meine Stelle treten und danach der Nächste … so lange, bis sie keine Munition mehr haben und wir durch diese Tür brechen und sie alle abmurksen. Sie werden dieses Schiff sowieso in die Luft jagen und uns zu Wurst verarbeiten. Warum sollten wir sie also nicht das Fürchten lehren, bevor sie sterben.« Jubel schlug ihm entgegen, und er sah sich um, bis er meinen Blick auffing. »Clint. Ayesha, ich weiß, dass du mich auch hören kannst. Es war mir eine Ehre.«

Ich nickte ihm zu. »Ganz meinerseits. Ich liebe dich, Mann.«

»Ich dich auch.«

Wir räumten die Mitte des Korridors und drückten uns an die Wand. Ich setzte Teddy ab. Die Person, die Ayesha trug, machte das Gleiche auf der anderen Seite des Gangs.

Gregory hob zusammen mit Jorge und DongWon den Laserschneidbrenner auf und sagte zu ihnen: »Lasst ihn diesmal nicht fallen. Ein anderer wird für mich übernehmen.« Sie versprachen es ihm, und er drehte sich nach vorne. »Also gut, Emily. *Fiiiiick diiiiich!*«

Sie hoben den Laser zur Oberkante der Tür hinauf, wo der vorherige Schnitt geendet hatte, und schalteten ihn wieder an. Keine zwei Sekunden später zerfetzte eine Kugel Gregorys Kopf. Er kippte nach hinten und war tot, bevor er auf dem Boden aufschlug. Jorge und DongWon schwankten jedoch nur und ließen den Laser feuern. Ich schnappte nach Luft und hörte, dass viele andere das Gleiche taten, doch wir waren alle fest entschlossen.

Eine Frau trat vor, sagte mit Tränen in den Augen,

sie heiße Yolanda Cisneros, und hob die Arme, um den Laser zu stabilisieren. Gleich darauf wurde sie ebenfalls erschossen. Und so drehte sich der Fleischwolf immer weiter. Als Nächster kam Sean FitzGibbon, dann Leroy Jenkins, gefolgt von Marta Rodriguez, LaToya Washington, Gurpreet Singh, Alan O'Bryan, Madeleine Sturges und Luc Giroux. Diejenigen von uns, die an den Seiten standen, zogen ihre Leichen aus der Mitte.

Ich hätte mich ebenfalls freiwillig gemeldet, aber ich wollte es Emily nicht so leicht machen. Vielleicht würde sie mich später ohnehin erledigen, aber ich wollte eine Chance haben, ihr es so gut wie möglich heimzuzahlen.

Jerry MacInnes aus Australien war der Zwölfte. Zwölf Menschen waren aufgestanden und niedergeschossen worden, und seit Gregory weinten wir alle vor Wut. Die dreizehnte Person, Amie Kaufmann, blieb stehen, und die Tür zur Brücke wurde aufgeschnitten, aber viel zu langsam, um die Aliens an der Zerstörung des Schiffes zu hindern. Der Befehl dazu war zweifellos irgendwann nach dem letzten Schuss erteilt worden, dennoch waren wir alle bereit, zur anderen Seite durchzubrechen.

Bevor es so weit war, schüttelte Ayesha ihre Lähmung ab und rief: »Versucht, die Instrumente nicht zu zerstören! Vielleicht können wir ja irgendetwas tun, wenn alles funktioniert.«

Teddy war immer noch paralysiert, da er mehr Gift abbauen musste als Ayesha, doch ich versicherte ihm, dass ich zu ihm zurückkehren würde, wenn es mir möglich war. »Und für den Fall, dass ich es nicht schaffe … nun, danke, dass du mich hergebracht hast.«

Ich hatte keinen Schild und auch keine Waffe, dennoch zögerte ich nicht, als die Tür eingetreten wurde.

»Lass uns Emily finden«, sagte Ayesha direkt hinter mir.

»Ja, zum Teufel.«

»Greift sie an und zerquetscht sie, Leute!«, rief Ayesha. »Die erste Person greift an, die zweite zerquetscht den Kopf!«

Als wir die Brücke betraten, konnten wir uns keinen Überblick verschaffen, weil wir nur eine Wand aus Körpern und herumwirbelnden Armen sahen. Vor uns waren zu viele Menschen, um Emily zu entdecken. Da sie nicht sehr groß war, stellte ich mir vor, dass sie sich irgendwo hinter dem Gedränge befand.

Die Angreifen-und-zerquetschen-Taktik funktionierte nur, weil wir den Aliens zahlenmäßig mindestens im Verhältnis vier zu eins überlegen waren. Auf der Brücke wartete ein rundes Dutzend Mishawan auf uns. Sie standen in einer ordentlichen Reihe und wehrten unsere ersten Angriffe mit ihrer überragenden Kraft ab. Doch Jorge schaffte es mit einem Hechtsprung, einen von ihnen umzuwerfen und eine Lücke in ihre Verteidigung zu reißen. Gleich darauf machten andere es ihm nach.

Der Mann vor mir blickte über die Schulter und sagte: »Folge mir.« Er stürzte sich schreiend auf den Mishawan, der die gegnerische linke Flanke bildete, und die beiden gingen in einem Gewirr aus Armen und Beinen zu Boden. Das Alien versuchte, dem Mann seine Stacheln ins Gesicht zu bohren, doch es gelang ihm nicht, da ich ihm mit Wucht auf den Kopf stampfte.

Im nächsten Moment prallte eine kleine Gestalt gegen meine Rippen und schleuderte mich aus dem Getümmel heraus. Ich schlug mit dem Hinterkopf auf dem Deck auf und sah einen Moment lang nur Sterne.

»Hallo, Clint!« Emily grinste böse und drosch mir ihre winzige Faust in die Zähne. Dann beugte sie sich zu mir herab und hielt mit ihrer unmenschlichen Kraft meine viel dickeren Arme auf dem Boden fest. »Du bist zu spät dran. Wir haben den Zerstörungsbefehl bereits erteilt und werden bald alle atomisiert. Aber das hast du ja sicher kommen sehen, nicht wahr?«

»Ja«, gab ich zu und spuckte ihr einen Zahn ins Auge.

Sie zuckte instinktiv zurück, blinzelte verblüfft und lachte über meine schwache Reaktion.

»Hast du das Team gesehen, das wir zum Maschinenraum geschickt haben, um genau das zu verhindern?«, fragte ich.

Ihr Grinsen verschwand. »Was für ein Team?«

Ich spuckte einen weiteren Zahn und traf sie so gut wie erhofft. Als sie diesmal zusammenzuckte, bekam ich die Arme frei und packte ihren Kopf mit beiden Händen. »Lust auf eine Sondenuntersuchung?«, stieß ich so heftig hervor, dass mir Blutstropfen von den Lippen spritzten.

Emily schrie, als ich ihr die Daumen tief in die Augen bohrte. Instinktiv jagte sie mir ihre Stacheln in die Arme und zerrte meine Hände von ihrem Kopf weg, doch der Schaden war bereits angerichtet.

»Nein, anscheinend hast du sie nicht gesehen.«

Emily sah auch nicht Ayesha, die sich ihr von hinten näherte. Die Biologin holte mit dem rechten Bein aus und trat ihr seitlich gegen den Kopf. Emily flog von mir herunter und landete direkt neben meinem Arm.

Ich hob ihn an und ließ den Ellbogen auf ihre Schläfe niedersausen. Da Emilys Gift bereits meine Muskeln erreicht hatte, schlug ich ihr bloß eine Delle in den Schädel. Trotzdem begannen ihre Gliedmaßen zu zucken, und sie stieß keine fröhlichen Todesdrohungen mehr aus. »Ich bin gleich gelähmt«, stieß ich hervor.

Doch Ayesha hörte mir nicht zu. Stattdessen hob sie erneut das rechte Bein und trat mit dem Absatz genau auf die Stelle, die ich mit meinem Ellbogen eingedellt hatte. Emilys Schädel zerplatzte zu einer Pfütze aus blauem Blut und Schleim. Ihr Körper zuckte immer noch, aber Ayesha sprang so lange auf ihr herum, bis das Zucken aufhörte. »*Verdammt noch mal,* das hat wirklich gutgetan«, sagte sie anschließend und grinste. »Also schön, selbst wenn wir alle explodieren, werde ich jetzt glücklich sterben.«

»Ich auch«, brachte ich heraus, überrascht, dass ich immer noch sprechen konnte.

Ayesha schien ebenfalls erstaunt. »Wieso bist du noch nicht paralysiert?«, fragte sie mich mit hochgezogenen Augenbrauen.

»Ich weiß es nicht. Ich meine, ich bin teilweise gelähmt. Vielleicht hat sie mir keine volle Dosis verpasst. Oder es ist noch nicht in meinem Kopf angekommen. Es kann aber auch sein, dass ich eine Resistenz dagegen entwickle.«

»*Vive la résistance.*«

WAS MIT OSCAR GESCHAH

Als die Brücke gesichert und leer geräumt war – die Mishawan wurden entsorgt, und die Paralysierten bauten das Gift draußen im Korridor ab –, konnte ich wieder stehen. Teddy war ebenfalls wieder fit und gesellte sich zu Ayesha und mir. Falls wir nicht zum Untergang verurteilt waren, wie Emily behauptet hatte, würden wir ein paar Tage lang bremsen, in der Gegenrichtung beschleunigen und erneut abbremsen müssen. Danach würden wir mit ein paar Pimmelschiffen auf der Erde landen, wo ich mein Shuttle energisch präsentieren würde, damit die Polizei auch ganz sicher begriff, dass ich von Aliens entführt worden war und nichts mit Dereks Ermordung zu tun hatte.

Mit etwas Glück hatte Emily nicht gelogen, und es war tatsächlich genügend Essen und Wasser für den Rückweg an Bord. Aber das basierte alles auf der Annahme, dass wir wussten, was wir da taten, und das taten wir nicht. Keiner von uns hatte eine Ahnung, wie man dieses Ding flog, und abgesehen von den Schiffsplänen, die Emily uns überlassen hatte, war alles mit mishawanischen Symbolen beschriftet. Wir schauten auf einen Haufen Knöpfe und Hebel, die vielleicht genau das tun würden, was wir wollten. Doch genauso gut war es möglich, dass sie dazu da waren, etwas Lebenswichtiges vom Raumschiff abzusprengen.

Der Monitor, den Emily verwendet hatte, um überall auf dem Schiff mit mir zu sprechen, war jedoch leicht zu erkennen. Ich ging davon aus, dass er über eine eingebaute Kamera und ein Mikrofon verfügte. Mit den drum herum angebrachten Knöpfen würde ich mich irgendwie an die übrigen Leute im Schiff wenden können – und wahrscheinlich keine lebensbedrohlichen Schäden anrichten.

Ich betätigte ein paar Schalter, bis ich auf dem Monitor erschien. Dann räusperte ich mich. »Funktioniert dieses Ding?« Ich hörte ein Echo meiner Stimme. »Hallo, alle miteinander, Clint Beecham meldet sich von der Brücke. Wir haben das Schiff übernommen. Wenn ihr gerade dabei seid, den ganzen Kasten systematisch nach Aliens abzusuchen, dann macht bitte unbedingt damit weiter. Die Decks neun und zehn müssen auf jeden Fall geräumt werden. Und Oscar, Hanh und Deepali, wenn ihr mich hört, wir würden gern irgendeinen Statusbericht von euch bekommen.« Wir mussten unbedingt rausbekommen, ob mit dem Antrieb alles in Ordnung war. »Wenn ihr sicher seid, dass ein Deck komplett alienfrei ist, kommt bitte auf die Brücke und erstattet Meldung. Wir müssen erst noch herausfinden, wie die Schiffskommunikation funktioniert.«

Ich schaltete ab, überflog die neuesten Berichte und rechnete für Ayesha aus, wann wir möglicherweise wieder zu Hause sein würden. Teddy stellte basierend auf seiner eigenen Flugerfahrung ein paar Vermutungen an, wozu das eine oder andere Instrument diente, doch bisher hatte er noch nichts angefasst, da er besser als wir anderen wusste, welche fatalen Folgen ein Fehler haben konnte.

»Wir brauchen unbedingt ein gutes Mishawan-Englisch-Wörterbuch«, sagte er.

Weitere Berichte kamen herein: Deck eins und Deck zwei waren gesichert, genau wie vier und sechs. Drei dauerte noch ein bisschen, da sich dort die Mannschaftsunterkünfte befanden, die alle durchsucht werden mussten. Auf sieben und acht trieben sich noch zwei Einsatztrupps der Mishawan herum, die ausgeschaltet werden mussten. Wie von mir befürchtet, hatten sie unseren Vormarsch in den vorderen Treppenhäusern gestoppt und drohten nun auch die mittleren zu attackieren.

Auf einmal aktivierte sich ohne unser Zutun der Brückenmonitor, und Oscar blickte uns mit zusammengekniffenen Augen entgegen. »Hey, könnt ihr mich hören? Ich sehe hier ein paar Lichter leuchten, aber ich weiß nicht, ob es funktioniert.«

Ayesha stellte sich vor den Monitor. »Ja, ja, es funktioniert.«

»Oh, hallo, Ayesha. Der Antrieb ist sicher. Wir haben mehrere Aliens überrascht, die sich manuell am Gehäuse zu schaffen machten. Deepali und Hanh sind verletzt, und wir haben ein paar von den Leuten verloren, die uns begleitet haben, aber zumindest wird das Schiff nicht explodieren.«

»Weißt du, was für Maschinen das sind?«, fragte ich. »Oder was für einen Treibstoff sie verwenden?«

Oscar zuckte die Achseln. »Raketentriebwerke, Mann. Ich habe keine Ahnung. Weltraumtreibstoff. Wenn du von mir den Namen irgendeines seltenen radioaktiven Isotops hören willst, dann sprichst du leider mit dem Falschen. Ich weiß nicht einmal, wo die Treibstoffanzeige ist oder ob der Tank schon so gut wie leer ist – geschweige denn, wie wir notfalls nachtanken könnten.«

Ich trat enttäuscht vom Bildschirm zurück. Also würde ich selbst hinuntergehen und nachsehen müssen.

»Tu mir bitte einen Gefallen, Oscar«, sagte Ayesha, »und durchkämme den ganzen Bereich noch einmal. Wir müssen absolut sicher sein, dass dem Maschinenraum keine Gefahr droht. Außerdem sollten wir dort unten besser jemanden postieren.«

»Okay, ich melde mich wieder.«

Ayesha entdeckte einen Überwachungsmonitor, auf dem ein Livestream vom Gefangenentrakt auf Deck acht zu sehen war. Mittlerweile waren die Zellen leer, bis auf eine, in die wir einen der mishawanischen Einsatztrupps gesteckt hatten. »Wie wechsle ich hier die Ansichten?«, fragte sie.

»Warte mal … Das da ist eine Zifferntaste.«

»Wie kommst du darauf?«

»Wir wissen, dass das da Deck acht ist. Also steht eines der Symbole auf dem Bildschirm für die Zahl Acht. Lass uns nachprüfen, welche.«

»Das ist ja schön und gut, aber wie kann ich hier überhaupt irgendetwas umstellen?«

»Berühre das Display. Als sie mich untersucht haben, hatten sie Tablets mit Touchscreens.«

Ayesha berührte den Monitor mit dem Zeigefinger, woraufhin ein neues Bild und eine andere Symbolfolge erschienen. »Ja!«

»Sehr gut. Die ersten Symbole sind gleich geblieben. Wahrscheinlich bedeuten sie *Deck*. Das letzte Symbol hat sich verändert. Das ist die Zahl.«

Auf diese Weise lernten wir, zumindest die Zahlen zu

lesen. Außerdem fanden wir heraus, dass sich bei den Gefrierräumen auf Deck neun ein paar versprengte Mishawan herumtrieben.

Wir schickten Leute los, die sich um sie kümmern sollten, und erteilten auch gleich noch den Befehl, die verbliebenen Einsatztrupps zu umzingeln und zu erledigen, damit das Schiff auch wirklich uns gehörte. Ursprünglich waren die Mishawan ein paar Hundert gewesen, die es mit sechs von uns hatten aufnehmen wollen, doch die Reservisten hatten dafür gesorgt, dass sie es mit Zehntausenden zu tun bekamen.

Eine halbe Stunde später trudelten die Meldungen ein, dass die Decks endgültig von den Aliens befreit waren. Daraufhin ließen wir das Schiff systematisch nach Menschen durchsuchen, die von den gegnerischen Einsatztrupps gefangen und gefesselt worden waren.

»Okay, Clint, verkünde allen die guten Neuigkeiten«, sagte Ayesha.

Wir lächelten uns erleichtert an. Nachdem wir eine ganze Weile keine Hoffnung mehr gehabt hatten, keimte sie nun wieder in uns auf.

Es gab eine Zeitachse, auf der nichts von alldem geschehen war und Derek und ich immer noch in Colorado waren, unsere Frauen liebten und auf die Geburt unserer Kinder warteten. Doch wie Emily zu mir gesagt hatte, während neben mir Derek gefressen wurde: Es gibt kein Zurück, und ich kann nur nach vorn schauen.

Zweifellos gab es auch zahlreiche Zeitachsen, auf denen unsere Rebellion gescheitert war und die Mishawan uns erfolgreich kolonisieren würden. Auf anderen hatte Gregory überlebt und ich nicht. Aber immerhin hatten auf dieser hier die Menschen verhindert, dass die Mishawan auf ihrem Heimatplaneten von der Existenz der Erde erfuhren. Das zumindest machte diese Zeitachse weniger schrecklich als andere. Und wenn ich ganz viel Glück hatte, war dies auch die Zeitachse, auf der ich es nach Hause schaffen würde. Das wäre nach Lage der Dinge meine Lieblingszukunft. Ich habe herausgefunden, dass die Physik unerbittlich und zugleich eine Quelle unendlicher Hoffnung sein kann – so unendlich wie die Universen, in denen ihre Gesetze gelten.

»Hier ist noch einmal Clint«, machte ich eine erneute Durchsage. »Im Moment möchte ich euch nur mitteilen, dass ich euch alle liebe. Ihr seid wunderbar.«

»Verdammt, Clint, du posaunst ja wirklich bei jeder Gelegenheit deine Gefühle heraus«, sagte Ayesha, die nicht von der Kamera erfasst wurde.

Ungerührt sprach ich weiter. »Nur aus reiner Neugier: Haben wir irgendwelche Astronauten oder Astronomen an Bord? Wir könnten auch Piloten, Maschinenbauer und Linguisten gebrauchen. Das Schiff gehört jetzt offiziell uns, und die Erde ist sicher. Verdammte Axt, die Menschheit hat gesiegt! Aber wenn wir je nach Hause kommen wollen, nun ja … dann müssen wir jetzt herausfinden, wie man dieses Ding steuert.«

Ende

LUST AUF MEHR VON KEVIN HEARNE?

In *Das Spiel des Barden* erwarten Sie wilde Magie, vernichtende Schlachten und die Macht der Erzählung:

KEVIN HEARNE

DAS SPIEL DES BARDEN

ROMAN

Aus dem amerikanischen Englisch
von Urban Hofstetter

Für Kimberly,
die Erste, die fand, dass der raelische Barde
einige gute Geschichten zu erzählen hätte.
Wie immer danke für deine Liebe und Unterstützung.

DRAMATIS PERSONAE

Fintan, Barde der Dichtergöttin Kaelin: Raelischer Barde, dem es obliegt, täglich für die Einwohner Pelemyns aufzutreten und die Geschichte der Gigantenkriege zu erzählen.

Dervan du Alöbar: Bryntischer Historiker, der den Auftrag hat, die Geschichte des raelischen Barden niederzuschreiben. Er ist verwitwet und gewährt nun einer Flüchtlingsfamilie Unterkunft.

Gorin Mogen: Das Herdfeuer von Harthrad, der entschlossen ist, für sein Volk eine sichere Zuflucht zu schaffen.

Nel Kit ben Sah: Fornischer Grünärmel vom Clan der Spinnfäden, die sich Gorin Mogens Plan entgegenstellt.

Kallindra du Paskre: Bryntische Händlerstochter, isst gern Speck mit Honig-Apfel-Soße.

Abhinava Khose: Sohn von Jägern in Ghurana Nent, der es schwierig findet, seiner Familie zu sagen, dass er nicht mehr jagen will.

Melishev Lohmet: Der Vizekönig von Hashan Khek, der südlichsten nentianischen Stadt. Ihm fällt die Aufgabe zu, Gorin Mogen zu vertreiben. Er hat hartnäckige gesundheitliche Probleme.

Tallynd du Böll: Tidenhüterin von Pelemyn, verwitwete Mutter zweier Jungen.

Gondel Vedd: Kaurischer Linguist. Verheiratet, mag gern Senf.

Meara, Steinmetzin der Erdgöttin Dinae: Junge Steinmetzin, die mit einem Soldaten der Garnison in Baseld verlobt ist. Spielt gern im Schlamm.

Culland du Raffert: Bryntischer Gewürzimporteur in Fornyd, der sich unerwartet eine andere Laufbahn suchen muss.

ERSTER TAG

DER BARDE BEGINNT

Wenn wir eine Stimme hören, die uns berührt, die uns im einen Moment die Tränen in die Augen treibt und schon im nächsten so weit hat, dass wir uns vor Lachen die Bäuche halten, dann lässt sich ihre Kraft nur schwer beschreiben. Wir wissen bloß, dass wir ihren Klang mögen und ihr weiter lauschen wollen. Wenn wir dagegen eine Stimme hören, die wir abscheulich finden, können wir normalerweise mühelos sagen, was uns an ihr stört – ob wir sie zu nasal finden, zu weinerlich, zu schrill vor Zorn oder zu triefend vor Melancholie.

Die Stimme des Barden war von der schwer zu beschreibenden Sorte.

Er stellte sich auf die Festungsmauer, die die Halbinsel umgab, wo ein Meer aus Flüchtlingen um unzählige Zelte herumwogte, und hob die Hände, als wollte er alle umarmen, die der Krieg hier angespült hatte. Als er zu sprechen begann, drehte er sich leicht zur Seite, um auch die Bewohner der Stadt in seinen Vortrag mit einzubeziehen. »Ihr guten Leute von Pelemyn, ich bin Fintan, Barde der Dichtergöttin Kaelin.«

Zu allen Seiten hoben sich die Blicke und blieben an seiner Gestalt hängen. Währenddessen reckten die Menschen in den weiter entfernten Winkeln der Stadt die Hälse, um seine körperlose Stimme besser verstehen zu können. Überall verstummten die Gespräche, und ein Zauber schien zu wirken: Wer immer sein strahlendes Gesicht erblickte, fühlte sich ihm verbunden und geriet in freudige Stimmung. Der Krug, den ich in der Hand hatte, enthielt wässriges Bier aus einem namenlosen Fass, aber auf einmal schmeckte es wie das legendäre spritzige Gebräu aus Forn. Die Wohlgerüche frischer Speisen wehten noch duftender im Wind, während sich die weniger angenehmen Aromen von ungewaschenen Körpern und stinkendem Abfall verzogen.

»Geschichten zu erzählen ist meine Lebensaufgabe«, fuhr der Barde fort. Das Lächeln, das gerade noch aus seiner Stimme geklungen hatte, war nun einem ernsten Tonfall gewichen. »Und kein anderer kann euch berichten, was ich gesehen habe. Dieser große Krieg unserer Zeit ist in der Tat fürchterlich verlaufen, und ich bin immer noch erschüttert von seinen Schrecken. Wie oft wache ich nachts schweißgebadet auf und … Nun, das muss ich euch wohl nicht erzählen.«

Nein, das musste er nicht. Die meisten auf dem Feld der Überlebenden trugen immer noch dieselben Kleidungsstücke, in denen sie aus der Heimat geflohen waren. Inzwischen waren sie allesamt dreckig und zerschlissen. Die Leute hatten dunkle Ringe unter den Augen, die von Schlafmangel, verlorenen Angehörigen … kurz und gut, von Verlust zeugten.

»Aber ebenso bewegt bin ich von dem unerwarteten Heldenmut der Leute überall. Denn ihr müsst wissen, ich komme von der anderen Seite des Kontinents, von der Westfront, wo ich an der großen Schlacht unter den Götterzähnen teilgenommen habe.« Seinen Worten folgte vielstimmiges Rufen, das, wie ich staunend bemerkte, sowohl in den Straßen der Stadt erklang als auch weit draußen auf der Halbinsel. Der Barde sprach nur so laut, als brächte er bei einer größeren Abendgesellschaft einen Trinkspruch aus. Doch jedermann schien ihn problemlos hören zu können.

»Ja, all das habe ich erlebt – und noch einiges mehr. Ich kann euch schildern, was im Granittunnel geschehen ist …« Erneuter Jubel. »Und ich kann euch von einem friedliebenden Bürger aus Kauria berichten. Auf Geheiß von Mistral Kira – möge sie noch lange regieren – hatte er in diesem Krieg eine geheime Rolle zu spielen. Vielleicht hat er sogar eine Möglichkeit gefunden, ihn zu beenden. Deswegen bin ich jetzt hier.« Dafür erntete er das bislang lauteste Gebrüll, und er nickte zum Feld der Überlebenden hinüber, um ihnen zu versichern, dass er die Wahrheit sagte. »Freunde, der Pelenaut hat mir gestattet, euch mitzuteilen, dass sich in diesem Moment eine Flotte aus Kauria auf dem Weg hierher befindet. Unterwegs werden sich ihr noch zwei weitere verbündete Armeen anschließen, die über die Berge zu uns marschieren – eine aus Rael und eine aus Forn. Gemeinsam mit euren eigenen Streitkräften werden sie über das Meer segeln und dem Feind angemessen vergelten, was er uns angetan hat!«

Daraufhin schrien die Versammelten ihre Gefühle so laut heraus, dass sie sogar das mächtige Kenning des Barden übertönten. Zuerst war es Zorn, der sich jedoch nicht gegen ihn, sondern gegen weit entfernte Küsten richtete. Diese zahllosen Menschen hatten fast alles verloren und sehnten sich nun nach ausgleichender Gerechtigkeit. Ein paar Augenblicke später brachen sie jedoch in Jubel aus, weil sie zum ersten Mal seit Monaten wieder Hoffnung schöpften. Die Leute fielen einander in die Arme und tanzten im Schlamm herum. Mit tränenüberströmten Gesichtern reckten sie die Fäuste gen Himmel. Das waren endlich mal wieder gute Neuigkeiten, anstelle der andauernden Schreckensmeldungen.

Auch ich war nicht immun gegen diese Gefühle. Ein paar Minuten lang ließ ich den Barden aus den Augen, während ich das Feld der Überlebenden betrachtete und dann den Blick auf die andere Seite der Mauer wandern ließ, wo sich in den Straßen der Stadt die gleichen Freudenszenen abspielten.

Die Menschen stürmten aus den Gebäuden, um sich zu umarmen, und genossen es, lächelnde Gesichter zu sehen anstatt immer nur vor Wut und Trauer gebleckte Zähne. Mein eigenes Haus konnte ich von der Stadtmauer aus zwar nicht erkennen, aber ich stellte mir das Grinsen vor, das in diesem Moment auf Elyneas Gesicht liegen musste, und bedauerte, es zu verpassen. Seit sie mit ihren Kindern zu mir gezogen war, hatte ich sie nur bedrückt erlebt.

Als der Barde erneut die Stimme erhob und den Freudenlärm der Menschen übertönte, stand er nicht mehr halb verborgen hinter den Zinnen auf der Mauer, sondern auf einer improvisierten Bühne, die ein paar Matrosen rasch aus Kisten zusammengezimmert hatten. »Aber rechnet nicht schon morgen mit unserer Befreiung und dem Sieg über unsere Feinde, und auch übermorgen wird es noch nicht so weit sein. Es wird eine Weile dauern, bis unsere Verbündeten hier eintreffen, und noch etwas länger, bis die Fahrt über das Meer beginnen kann. Bis zu sechzig Tage, hat man mir gesagt. In der Zwischenzeit wünscht der Pelenaut in seiner Weisheit, dass ihr erfahrt, was andernorts geschehen ist. Denn es ist zweifelhaft, dass ihr bislang mehr als nur Gerüchte gehört habt. Er hat mich gebeten, euch mitzuteilen, was ich weiß, und er selbst hört auch zu. So stehe ich jetzt in euren Diensten. Ich werde euch die Geschichte auf die althergebrachte Weise erzählen und jeden Nachmittag bis Sonnenuntergang vor euch auftreten. Ich hoffe, die kleinen Siege, die wir allen Widrigkeiten zum Trotz erringen konnten, werden euch ebenso ermutigen, wie sie mich ermutigt haben. Denn sie sind der Grund, warum wir heute noch hier sind und warum wir auch morgen noch da sein werden. Und wenn es den Göttern gefällt, werden wir diese Geschichten noch an viele nachfolgende Generationen weitergeben können.«

An dieser Stelle musste der Barde erneut innehalten und abwarten, bis der tosende Applaus der Menge verklang. Währenddessen stieg eine junge Frau auf die Kistenbühne und hielt ihm einen riesigen Krug hin. Dabei sagte sie ihm ein paar Worte ins Ohr, doch ihre Stimme trug nicht so weit wie die des Barden. Fintan nickte ihr dankbar zu, ehe er wieder zu sprechen begann.

»Anscheinend wird Brynlön seinem Ruf, gastfreundlich zu sein, vollauf gerecht! Meister Yöndyr, der Eigentümer und Braumeister eines hiesigen Gasthauses namens *Sirenengesang*, überlässt mir einen Krug voll Nebelmaid-Bier – sicherlich aus rein medizinischen Gründen. Außerdem gewährt er mir für die Dauer meines Aufenthalts Unterkunft! Ich danke Euch, mein Herr!«

Aus der Menge ertönten Beifallsrufe für Yöndyrs hervorragenden Einfall, und ich konnte mir vorstellen, dass sich andere Gastwirte derweil Vorwürfe machten, weil sie nicht selbst darauf gekommen waren. Das Gasthaus mit dem Namen *Sirenengesang* war gerade auf die bestmögliche Weise beworben worden.

Lächelnd ergriff Fintan die Gelegenheit und trank einen Schluck. Anschließend wischte er sich den Schaum von der Oberlippe. Dann reichte er der Frau den Krug zurück, nahm eine düster-dramatische Pose ein und sagte: »Hört mir zu.«

Zu beiden Seiten der Stadtmauer standen, soweit ich sehen konnte, alle in gespannter Erwartung da, und viele grinsten aufgeregt. Zwar hatte Fintan uns nur weitere Einzelheiten über einen Krieg versprochen, von dem wir ohnehin schon viel zu viel wussten. Aber das machte nichts, weil wir alle wie Kinder waren, die darauf warteten, dass man ihnen eine Geschichte erzählte. Und jetzt durften wir sogar hoffen, dass sie gut ausgehen würde.

»Wie alle Geschichten, die es wert sind, gehört zu werden, erzähle ich auch diese von Anfang an. Doch es ist euer Anfang, nicht der von Kauria oder Forn oder von irgendeinem anderen Ort. Zu denen kommen wir später noch. Zuallererst werden wir uns mit eurer Tidenhüterin beschäftigen, denn ihr allein haben wir es zu verdanken, dass diese Stadt noch steht! Also, meine lieben Freunde, wo immer ihr seid, füllt eure Becher und geht zum Abort. Nehmt euch die Zeit und tut alles, was nötig ist, damit ihr meiner Geschichte in ein paar Minuten eure volle Aufmerksamkeit schenken könnt. Wenn ihr zu weit von der Mauer entfernt seid, dann rückt ein Stück näher, damit ihr mich besser seht! Und wenn ihr Durst habt, dann seid versichert, dass nichts ihn so gut löschen wird wie Yöndyrs Nebelmaid-Bier! Ich beginne in Kürze!«

Ein unterhaltsamer Nachmittag, bei dem eine von uns als Heldin präsentiert werden würde? Und dazu noch etwas zu essen und Bier? Wir konnten kaum erwarten, dass es losging! Alle setzten sich gleichzeitig in Bewegung und begannen, sich auszutauschen. Diesseits und jenseits der Stadtmauer waren sämtliche anderen Erledigungen vergessen. Stattdessen kam es zu einem regelrechten Ansturm auf Speisen und Getränke. Meister Yöndyr war zweifellos entzückt.

»Lasst uns anfangen«, sagte Fintan ein paar Minuten später. Seine Stimme erfüllte mühelos die Stadt und die gesamte Halbinsel. »Ich möchte jemand ganz Besonderen zu mir auf die Bühne bitten, Pelemyns Tidenhüterin, Tallynd du Böll. Tallynd, kommt bitte hoch zu mir.«

Unter donnerndem Applaus stieg eine Frau in Militäruniform zu Fintan auf die improvisierte Bühne. Dabei schonte sie merklich das linke Bein. Sie trug Abzeichen, die ich noch nie gesehen hatte. Zuerst dachte ich, sie hätten mit ihrer Segnung zu tun, später fand ich jedoch heraus, dass sie für einen neu eingeführten militärischen Rang standen. Tallynd hatte freundliche Augen, ein zurückhaltendes Lächeln und kurz geschorene Haare, die an den Schläfen zu ergrauen begannen.

Während sie den Flüchtlingen auf dem Feld der Überlebenden zuwinkte, sagte Fintan: »Sprecht ein paar Worte. Ich sorge dafür, dass sie Euch hören können.«

»Oh. Also dann … Hallo?« Dank Fintans Kenning war sie noch in drei Meilen Entfernung zu verstehen und erntete erneut Beifall. »So was! Na gut. Nur damit ihr's wisst: Ich habe Fintan zur Vorbereitung mein Dienstbuch zu lesen gegeben und ihm alles erzählt, woran ich mich erinnere. Ich bin sicher, dass er das alles viel besser in Worte fasst, als ich es je könnte. Aber das Wichtigste ist: Es ist alles wahr, und ich bin froh, dass er es euch berichten wird. Die Geschichte verlief nicht ganz so, wie ihr glaubt. Und ihr solltet die Wahrheit kennen.«

Während sie sprach, zog Fintan aus einem Beutel an seinem Gürtel einen Gegenstand, der wie ein kleines schwarzes Ei aussah. Er hielt ihn zwischen Daumen und Zeigefinger in die Höhe und warf ihn dann zu Boden, worauf eine schwarze Rauchsäule aufstieg und seinen Körper vollständig einhüllte. Als seine Gestalt kurz danach wieder zum Vorschein kam, war er mit der Uniform und auch in allem anderen das exakte Ebenbild von Tallynd du Böll. Bei der Verwandlung war er sogar um ein paar Zoll gewachsen.

Fintan war ein relativ kleiner, dunkelhäutiger Mann – wenn auch nicht so dunkel wie wir Brynter – mit einem schmalen Gesicht, einer auffällig großen Nase und vollen Lippen. Daher war es ein ziemlicher Schock, als er sich vor aller Augen in die hoch angesehene Retterin unserer Stadt verwandelt hatte. »Ich danke Euch, Tidenhüterin«, sagte er zu ihr, mit ihrer eigenen Stimme.

Tallynd du Böll rang wie alle anderen nach Luft. »Da ertränk mich doch einer«, brachte sie schließlich heraus. »Sehe ich wirklich so aus? Und das soll meine Stimme sein?« Die Menge lachte. »Na, egal. Ich habe *Euch* zu danken, Fintan.«

Nachdem sie uns noch einmal zugewunken hatte und von der Bühne gestiegen war, erzählte uns der Barde in Gestalt von Tallynd, was wirklich in jener Nacht geschehen war, als die Giganten kamen.

TALLYND

Bevor mein Mann vor fünf Jahren starb, fragte er mich mal, welchen Preis wir alle meiner Ansicht nach für den Frieden würden zahlen müssen, in dem wir bereits so viele Jahre lebten.

»Was meinst du damit?«, fragte ich ihn. Wir hatten etwas getrunken und dampfende fornische Kürbissuppe gegessen und saßen nun in dem kleinen Brunnenhof hinter unserem Haus. Ich spielte mit meinem Kenning und verdrehte die Wasserfontänen, sodass sie spiralförmig ins Auffangbecken unter dem Brunnen zurückfielen.

Er beugte sich vor, stützte die Ellbogen auf die Knie und nahm die Pfeife aus dem Mund. Mit zusammengekniffenen Augen betrachtete er mich durch den Rauch und deutete mit dem Pfeifenstiel auf mich. »Wie lange bist du jetzt schon beim Militär? Seit vier Jahren? Und trotzdem hast du noch in keiner einzigen Schlacht gekämpft. So etwas hat immer seinen Preis.«

»Wie kommst du darauf, dass wir ihn zahlen müssen?«, wandte ich ein. »Kann doch sein, dass das bereits unsere Vorfahren für uns übernommen haben.«

Er nickte bedächtig. »Vielleicht hast du recht«, sagte er. »Wir alle kennen diese alten Geschichten, die wir in der Schule gehört haben. Ich bezweifle nicht, dass unsere Altvorderen viel Blut gelassen und Schlimmes durchgemacht haben. All das Schreckliche, was Familien wie der unseren widerfahren sein muss, wird in diesen Erzählungen in zwei oder drei mageren Sätzen abgehandelt. Stattdessen geht es seitenweise nur darum, was dieser Herrscher gegessen hat und was jene reiche Person anhatte.« Er schnaubte, und Rauch quoll ihm aus der Nase. »Aber ich glaube trotzdem, dass da etwas auf uns zukommt, mein Liebling. Und darüber mache ich mir Sorgen. Weil du die Erste sein wirst, die es betreffen wird.«

Ich lachte ihn aus. Ja, wirklich! An dieses Gespräch kann ich mich noch sehr deutlich erinnern, obwohl es mir zu jener Zeit ganz unwichtig erschien. Er sah so gut aus, und ich wünschte mir noch ein weiteres Kind von ihm. Als ich damals sein schönes dunkles Gesicht betrachtete, das in der untergehenden Sonne bronzefarben schimmerte, konnte ich mir einfach nicht vorstellen, dass jemals ein Krieg ausbrechen würde.

Ehrlich gesagt, konnte ich es mir so lange nicht vorstellen, bis ich schließlich die Erste war, die in diesen Krieg verwickelt wurde – genau wie mein Mann es prophezeit hatte. Aber als er ausbrach, war mein Geliebter bereits lange in den Ozean zurückgekehrt. Unsere beiden Jungs waren damals acht und neun Jahre alt, und dass sie sich kaum noch an ihn erinnern konnten, war für mich das Allerschlimmste überhaupt. Bis zu dem Zeitpunkt, als die Knochengiganten über meinen Kopf hinwegsegelten.

Normalerweise tue ich tagsüber Dienst, aber die Fischerzunft hatte mich darum gebeten, die Krabbenbänke zu vermessen und die Fressgewohnheiten nachtaktiver Meeresbewohner nördlich der Halbinsel zu erkunden. Dabei hielt ich wie gewöhnlich auch nach Raubtieren Ausschau, die Schiffen gefährlich werden könnten. Und so befand ich mich gerade ein ganzes Stück vor der Küste in tiefem Gewässer, als ich hörte, oder besser fühlte, wie im Licht des aufgehenden Mondes Schiffskiele die Wasseroberfläche durchschnitten.

Das kam mir merkwürdig vor, da in dieser Gegend während meiner Kartierungsarbeiten gar keine Boote hätten unterwegs sein dürfen. Selbst wenn ein paar Fischer die Begrenzungsbojen ignoriert hätten, wären die Turbulenzen für ein oder zwei unerlaubte Fangschiffe viel zu stark gewesen. Also tauchte ich auf, um der Sache nachzugehen.

Während ich aufstieg, wurde mir angesichts der zahlreichen Kiele klar, dass ich es nicht nur mit ungewöhnlichem Schiffsverkehr, sondern mit einer gewaltigen Flotte von Transportschiffen unbekannter Herkunft zu tun hatte. Nachdem ich die Oberfläche durchbrochen hatte, sah ich, dass sie auf keinen Fall aus Brynt stammten. Sie waren auch nicht von raelischer oder kaurischer Machart noch von irgendeiner anderen Bauweise, die ich kannte.

Es waren Segelschiffe mit breiten Rümpfen. Und sie verfügten über Ruder, doch in diesem Moment wurden sie allein vom starken Ostwind angetrieben. Auf den Decks konnte ich keine Harpunen oder andere montierte Waffen sehen, dafür waren sie dicht bemannt mit großen schlanken Gestalten. Um den Oberkörper und an den Armen trugen sie Rüstungen, die aus Rippenknochen zu bestehen schienen.

Außerdem sah ich so etwas wie Schwerter in ihren Händen. Sie blickten geradeaus zu den Feuerschalen auf den Stadtmauern von Pelemyn und den kleineren Lampen entlang der Hafenanlagen. Zu diesem Zeitpunkt war ich mir nicht sicher, ob mir das Mondlicht einen Streich spielte, aber ihre Haut wirkte fahl, und sie hatten Totenschädel auf ihre Gesichter gemalt.

Als ich den Kopf nach rechts wandte, bemerkte ich, dass bereits einige Schiffe an mir vorbeigesegelt waren und gerade in den Hafen einfuhren. Aus dieser Entfernung und im Mondlicht sah ich nur die Segel und nicht die Besatzungen, sodass ich nicht mit letzter Sicherheit sagen konnte, ob sie eine Invasion planten. Mir war jedoch klar, dass dies keine friedliche Handelsgesandtschaft sein konnte. Schließlich würde man Frachtschiffe nicht vom Bug bis zum Heck mit bemalten Bewaffneten vollpacken.

Ich schwamm auf einer eng gebündelten Strömung zu einem der Schiffe hinüber. »Heda!«, rief ich. »Wer seid ihr? Ich bin die Tidenhüterin von Pelemyn und verlange eine Antwort.«

Jemand antwortete in einer fremden Sprache, und im nächsten Augenblick fand ich heraus, dass sie auch mit ein paar Wurfgeschossen bewaffnet waren. Dicht um meinen Kopf herum schossen drei Speere ins Wasser, und ich glaube, ich hätte nicht entsetzter sein können, wenn sie mich damit getroffen hätten. Sie waren ganz eindeutig Feinde und hatten soeben den Kriegszustand ausgelöst. Im Angesicht einer Invasionsflotte war ich dazu berechtigt – oder besser gesagt, verpflichtet –, mit den Kräften, die mein Kenning mir verlieh, Zwangsmaßnahmen und tödliche Gewalt anzuwenden.

Ich gebe zu, dass ich einen Moment brauchte, um die Situation zu verarbeiten. Ich musste noch einmal zu den Docks hinüberblicken und die wuchtigen Umrisse der Schiffe auf mich wirken lassen, um zu begreifen, was sie vorhatten. Und erst als ich mir die Worte selbst laut vorsagte, begann ich zu glauben, was hier geschah: »Das ist eine Invasionsflotte. Sie überfällt uns. Und zwar genau jetzt.«

Bis zu diesem Zeitpunkt hatte ich mein Kenning immer nur zu friedlichen Zwecken eingesetzt. Ich hatte die Laichgründe vor der Küste beaufsichtigt, die Krabbenbänke für die Fischerzunft kartiert und dafür gesorgt, dass die Strömungen die Korallenriffe mit ausreichend Nahrung versorgten. Das waren meine Aufgaben gewesen.

Doch hier und jetzt musste ich möglichst viele dieser Fremden töten, um meine Stadt zu beschützen. Es ist ein wirklich verwirrender Schritt vom Frieden hin zum Krieg. Vor allem, wenn man ihn innerhalb eines so kurzen Augenblicks vollziehen muss. Aber irgendwie half es mir, meinen Verteidigungsauftrag ebenso sehr als meine »Pflicht« zu betrachten wie meine zivilen Aufgaben.

Dadurch wurde das Ganze zwar nicht leichter für mich, aber immerhin machbar. Wenn man den »Mord« mit »Pflicht« überdeckt, wirkt er kaum noch wie ein Verbrechen. Und wenn man dann noch die Floskel »im Krieg« hinzufügt, ist der »Mord« gar nicht mehr zu sehen.

Nur auf welche Weise sollte ich diese Pflicht erfüllen? Große Wellen heraufzubeschwören und die Männer über Bord zu spülen, würde ineffizient sein und meine Kräfte zu sehr beanspruchen. Dabei würde ich sehr rasch altern und bald nutzlos sein. Besser wäre es, wenn ich konzentrierte und gezielte Strömungen verwendete, ähnlich wie die, mit denen ich mich durchs Wasser vorwärtsbewegte.

Mein erster Versuch, eines der Schiffe zum Kentern zu bringen, jagte der Besatzung zwar einen Schrecken ein, blieb jedoch ergebnislos. Im nächsten Anlauf bot ich das Dreifache der Kraft auf, die ich benötigte, um meinen eigenen Körper durchs Wasser zu bewegen, und richtete sie mittschiffs auf die rechte Seite des Kiels. Daraufhin schlug das Schiff um, und die Männer stürzten ins kalte Wasser.

Zwischen meinen Augen fühlte ich einen leichten Schmerz. Folglich kostete es mich etwas, einen derart starken Druck zu erzeugen, aber nicht sehr viel.

Während ich mich von einer Strömung vorwärtstragen ließ, zückte ich mein Messer aus schwarzem Vulkangestein. Es stammte aus der Glaswüste, wo ich es aus einem der erkalteten Magmaströme herausgebrochen hatte, und eignete sich ideal für den Gebrauch im Wasser. Auf dem Weg zur anderen Seite des Rumpfes, wo bereits das nächste Schiff auf mich wartete, schwamm ich zwischen den unnatürlich groß gewachsenen Invasoren hindurch und schnitt ihnen tief in Arme und Beine. Den Rest würden die Schwertflossen für mich erledigen, die das Blut im Wasser unweigerlich anlockte. Ich rechnete mit einer wahren Fressorgie.

Während ich die hünenhafte Besatzung des nächsten Schiffes ins Meer kippte, wurde ich mir der wahren Größe dieser Streitmacht bewusst. Dass ich zitterte, hatte nichts mit dem kalten Wasser zu tun. Das hier war kein kleiner Stoßtrupp, sondern eine ausgewachsene Armee, die aus mehreren Tausend Kriegern bestand. Genug, um die Stadt dem Erdboden gleichzumachen.

Wäre ich nicht hier im Wasser, sondern zu Hause im Bett gewesen, hätten es die meisten oder vielleicht sogar alle von ihnen an Land geschafft, bevor ich etwas gegen sie hätte unternehmen können. Ich konnte nur hoffen, dass die Matrosen, die heute Nacht Wache schoben, mit sämtlichen Angreifern fertigwerden würden, die an mir vorbeischlüpften.

Nach dem zweiten Schiff schoss ich durch die Wellen

zum Hafen von Pelemyn zurück, wo ich mich um die Vorhut der Flotte kümmerte. Je weniger anlandeten, desto besser. Von dort aus arbeitete ich mich nach hinten durch, wobei ich immer das jeweils vorderste Schiff versenkte. Selbst wenn ein paar der Invasoren ans Ufer schwimmen könnten, wären sie bei der Erstürmung der Stadtmauern unterkühlt, geschwächt und entmutigt. Außerdem würden sie nicht mehr in einer geschlossenen Front, sondern nur noch einzeln oder bestenfalls in kleinen Gruppen angreifen können.

Als ich mich dem Hafen näherte, sah ich, dass drei Schiffe angelegt hatten und gerade eine kleine Horde Knochengiganten mit erhobenen Schwertern an Land stürmte. Damit bestand nicht mehr der geringste Zweifel an ihren Absichten. Am liebsten wäre ich an Land gegangen und hätte bei der Verteidigung geholfen oder zumindest Alarm geschlagen, aber ich wusste, meine wichtigste Aufgabe würde es sein, die restlichen Giganten von der Küste fernzuhalten.

Jedes Schiff, das ich zum Kentern brachte, verschlimmerte den Schmerz zwischen meinen Augen, und nach dem dritten war ich bereits ziemlich ausgelaugt. Nach dem fünften hatten die Schwertflossen und andere Räuber die Witterung des Blutes aufgenommen und führten zu Ende, was ich begonnen hatte. Das Blut, das sie dabei vergossen, lockte wiederum weitere Artgenossen an. Sie würden sämtliche Krieger auffressen, die ich ins Wasser befördern konnte.

Auch ich musste ein paar Schwertflossen ausweichen, aber keines der Tiere unternahm einen zweiten Angriffsversuch, wo es doch jede Menge leichtere Opfer gab, die im Wasser herumzappelten und förmlich darum bettelten, gefressen zu werden.

Und sie *wurden* gefressen. Die meisten der Invasoren schrien unter Wasser, aber ich konnte sie dennoch hören. Ihr verzerrtes Kreischen drang an meine Ohren, wenn sie zwischen die Kiefer der Schwertflossen gerieten. Ihre abgebissenen Gliedmaßen und Eingeweide trieben in roten Wolken. Jeder einzelne Blutstropfen war ein Lockruf für alle Meeresgeschöpfe mit mehr Zähnen als Verstand. Was ich sah und hörte, tat mir weh, weil ich sogar zu diesem Zeitpunkt noch Zweifel hatte, ob ich das Richtige tat. Ob wir diesen Konflikt wohl hätten vermeiden können, wenn wir dieselbe Sprache gesprochen hätten?

Sie waren nicht gekommen, um zu reden. Das sagte mir meine Disziplin, die so stark und unerschütterlich wie die Klippen von Setyrön war. Doch allmählich drohte ich unter meinen Schuldgefühlen zu zerbrechen, während ich ein Schiff nach dem anderen umwarf und immer mehr wild um sich schlagende Männer japsend im Meer versanken – und starben.

Zudem kostete es mich jedes Mal Tage meines Lebens, wenn ich dem Wasser meinen Willen aufzwang. Der Verlust geschah so unsichtbar wie der Sog der Gezeiten – aber auch spürbar und furchterregend, wie es sich für Naturgewalten gehört.

Beschleunigte Alterung ist der Preis, den ich für meine Gabe zahlen muss, und als ich zum ersten Mal aus Bryns Lunge herausgeschwommen war, hatte ich mir geschworen, dass ich es niemals bereuen würde, wenn ich mein Kenning zur Verteidigung meines Landes einsetzen musste. Aber die siebenundneunzig versenkten Schiffe und der stechende Schmerz in meinem Kopf quälten mich.

Meiner Schätzung nach hatten sich an Bord eines jeden Schiffes mehr als hundert Krieger befunden. Wer immer diese hochgewachsenen Fremden waren, sie hatten uns ohne jede Vorwarnung mit zehntausend Mann angegriffen. Und soweit ich wusste, auch ohne vorhergehende Provokation. Wenn ich nicht zufällig gerade im Dienst gewesen wäre, hätten sie uns vernichtend geschlagen.

Schließlich kenterte das letzte Schiff, und die blassen Gestalten an Deck schrien auf, weil sie wussten, was all den anderen vor ihnen zugestoßen war. Und was in der Tiefe auf sie lauerte. Danach trat ich einen Moment lang mit bloßer Muskelkraft Wasser, weil ich all mein Kenning aufgebraucht hatte und nun erschöpfter war als je zuvor in meinem Leben.

Allem Anschein nach war ich ganz schön weit draußen, da ich nicht mal mehr die Feuerschalen von Pelemyn erkennen konnte. Um zum Hafen zurückzugelangen, würde ich mir einen Weg durch das Fressgelage der Schwertflossen bahnen müssen. Aber das war immer noch besser, als den Kraken auszuweichen, die es ebenfalls zu all dem Blut hinzog. An dieser Stelle war das Meer so tief, dass ich mir wegen dieser Ungeheuer Sorgen machen musste. Tatsächlich erkannte ich an den Strömungen unter mir, dass bereits einer auf dem Weg herauf war.

Während ich darüber nachdachte, fragte ich mich, wie eine derart große Flotte den Ozean hatte überqueren können, ohne den Kraken zum Opfer zu fallen. Wenn ich die Schiffe an der Oberfläche hatte spüren können, dann dürften sie den Kraken doch wohl kaum entgangen sein.

Auf dem Weg zurück zur Küste hielt ich mich dicht über dem Meeresgrund, um unter dem Gelage der

Raubtiere wegzutauchen. Dennoch stieß ich dort unten immer wieder auf Spuren des Gemetzels. Wie zum Beispiel eine Krabbe, die mit einer blassen abgebissenen Hand in den Scheren über den Boden huschte. Diese Hand hatte einem Mann gehört, der Freunde mit ihr begrüßt hatte. Und seine Mutter berührt. Vielleicht hatte er mit dieser Hand auch seiner Liebsten Geschenke gegeben oder sie jemandem zur Entschuldigung gereicht. Jetzt diente sie nur noch als Nahrung für ein krabbelndes Meerestier. Und dafür trug ich die Verantwortung. Für insgesamt neuntausendsiebenhundert Tote, wenn meine Schätzung stimmte. Alles im Namen der Pflicht. Und damit war es kein Mord.

Laut Protokoll musste ich umgehend dem Pelenauten Bericht erstatten, nachdem ich tödliche Gewalt angewendet hatte. Also würde ich die unter Wasser gelegenen Lungenschleusen durchqueren, um vom Hafen zur Quelle der Stadt zu gelangen. Als ich kurz den Kopf aus dem Wasser reckte, um zu sehen, was im Hafen passierte, fiel mein Blick sofort auf ein paar tote Matrosen und Bürger, die auf den Holzstegen lagen.

Im Licht der Feuerschalen beobachtete ich den Kampf um die Stadtmauern … Die Angreifer benötigten keine Belagerungstürme oder Leitern, um sie zu erstürmen. Stattdessen kletterten die dämonischen Giganten beängstigend schnell wie Schneespinnen aneinander hoch. Nur dass sie im Gegensatz zu Spinnen Schwerter hielten.

Als ich sah, wie sie oben auf den Zinnen unsere Matrosen attackierten, bekam ich es mit der Angst zu tun. Was, wenn allein diese dreihundert Angreifer ausreichten, um unsere Stadt einzunehmen? Einer von ihnen, der nichts als Knochen und Lumpen am Leib trug, streckte einen Matrosen nieder, indem er ihm mit einem einzigen Schlag erst den Schild durchhackte und dann den Schädel unter dem Helm zerschmetterte.

So etwas war mir noch nie untergekommen. Was für eine Kraft! Ihre Waffen erinnerten an Schwerter, weil sie aus Klingen bestanden, die an Griffen befestigt waren. Doch Schwerter wie diese hatte ich noch nie zuvor gesehen. Die Klingen waren an einer Seite scharf und verbreiterten sich zur Spitze hin. Im Profil ähnelten sie Bergen auf Kinderzeichnungen, mit flach auslaufenden Hängen. Diese Waffen aus solidem Stahl und die überlegene Reichweite ihrer Arme verschafften ihnen einen tödlichen Vorteil. Bislang hatten es nur ein paar von ihnen die Mauer hinaufgeschafft, aber diese wenigen mähten die Matrosen nieder wie Weizenhalme. Und es strömten immer mehr von ihnen nach.

Ich war drauf und dran, aus dem Wasser zu steigen und nach Kräften bei der Verteidigung zu helfen, aber anscheinend hatte inzwischen irgendjemand in der Garnison Alarm geschlagen, denn nun sah ich, wie an der südlichen Mauer ein Trupp Bogenschützen in Stellung ging. Sie feuerten eine Salve ab, und die Giganten, deren dürftige Rüstungen wenig Schutz gegen Pfeilspitzen boten, gingen zu Boden. Eine zweite Salve bohrte sich in den Fuß der lebenden Leiter und ließ sie in sich zusammenstürzen. Diese Giganten würden die Mauer nicht mehr erklimmen. Voller Zuversicht, dass die Verteidiger die Lage nun im Griff hatten, tauchte ich ab und schlüpfte durch die Lungenschleusen.

Als ich das nächste Mal die Oberfläche durchbrach, befand ich mich in der Quelle hinter dem Korallenthron – in einer relativ ruhigen Ecke des Pelenautbeckens. Am Ausstieg des Beckens hielt eine Matrosin

Wache. Obwohl alle, die nicht von Bryn gesegnet waren, beim Versuch, die Schleusen zu überwinden, ertrinken würden. Im ersten Moment erkannte sie mich nicht und richtete ihren Speer auf mich. Als ich sie zur Begrüßung erschöpft anlächelte, hob sie jedoch die Waffe und entschuldigte sich.

»Wir stehen hier alle unter großer Anspannung, Gerstad«, sagte die Wächterin. Sie sprach mich mit meinem militärischen Rang anstelle meines Kenning-Titels an.

»Und das ist auch gut so«, entgegnete ich und tropfte einen Augenblick lang den Boden voll, bis ich mit einem Gedanken das Wasser von meiner Haut abgleiten und ins Becken zurückfallen ließ. »Ich muss entweder dem Pelenauten oder der Lunge Bericht erstatten. Kann ich einen oder sogar beide sprechen?«

»Selbstverständlich. Ich darf im Moment leider meinen Posten nicht verlassen, aber geht bitte einfach durch.«

»Danke sehr. Eine Frage noch: Wie alt bin ich?«

»Wie bitte?«

»Wie alt sehe ich aus?«

Die Matrosin zuckte unsicher mit den Schultern. »Mitte dreißig?«

Ich war erleichtert. Wie Mitte dreißig hatte ich auch schon zu Beginn meiner Schicht ausgesehen. Nun, vielleicht eher wie Anfang dreißig, aber Mitte dreißig war nicht schlimm. Allerdings fühlte ich mich älter und langsamer und sehnte mich nach einer Tasse Tee und zwei oder drei Tagen ungestörten Schlafs. Aber das würde noch warten müssen.

Ich ging den kurzen Gang entlang. Der Zulauf des Beckens lag zu meiner Rechten. Als ich um die Ecke bog, sah ich den Pelenauten unruhig vor seinem Thron und der Wasserwand auf und ab laufen. Auch die Lunge war da sowie ein paar Militärs, die im Rang über mir standen – darunter sogar der Könstad. Die restlichen Anwesenden kannte ich nicht.

Der Pelenaut bemerkte mich, ehe ich etwas sagen oder salutieren konnte. »Ah! Gerstad Tallynd du Böll«, schnitt er der Lunge, die gerade gesprochen hatte, das Wort ab. »Ich bin froh, dass Ihr hier seid! Was habt Ihr uns zu berichten?«

Ich beschrieb, was ich getan hatte – und auch die Gründe für meine Entscheidung. Dabei achtete ich in den Gesichtern der Anwesenden auf Zeichen von Missbilligung. Aber ich konnte nicht feststellen, ob ich mich in ihren Augen richtig verhalten hatte. Ihre Mienen glichen steinernen Masken, und ich wusste nicht genau, was draußen los war. Waren ein paar der Giganten in die Stadt eingedrungen?

»Ich danke Euch, Gerstad«, sagte Pelenaut Röllend, als ich fertig war. Dann wandte er sich zur Seite. »Könstad du Lallend?«

»Ja?«

»Bitte beschafft mir die neuesten Gefallenenzahlen und schickt die Schnellen los. Die Gerstad und ich werden uns derweil einen Moment unterhalten.«

Er bedeutete mir, ihm zu folgen, und führte mich auf dem Weg, den ich herein genommen hatte, zu seinem Becken hinter dem Thron. Die Matrosin, die dort Wache hielt, ließ er wegtreten und wartete ab, bis wir ungestört waren. Dann nahm er mich zu meiner großen Überraschung in die Arme.

»Ihr allein habt Pelemyn heute gerettet«, sagte er. »Ich danke Euch. Ich selbst war bis gerade eben im Bett und hätte sie nicht aufhalten können.«

»Normalerweise hätte ich auch geschlafen.«

»Wir hatten ohne Frage großes Glück. Ihr seid sicher müde, Tallynd, aber darauf kann ich im Moment leider keine Rücksicht nehmen. Es gibt noch so viel zu erledigen.«

Von der Aussicht auf noch mehr Wassergewirk bekam ich rasende Kopfschmerzen, aber ich versuchte, keine Miene zu verziehen und mir auch nichts an der Stimme anmerken zu lassen. »Natürlich, Pelenaut Röllend. Was kann ich tun?«

»Ich befürchte, wir waren nicht das einzige Ziel. Ich muss möglichst rasch erfahren, ob noch weitere Städte überfallen wurden. Und falls sie bis jetzt verschont geblieben sind, müssen wir sie vor einem möglichen Angriff warnen.«

»Soll ich nach Gönerled?«

»Nein, dorthin schicke ich ein paar Schnelle. Ihr müsst nach Festwyf, und zwar so schnell wie möglich.« Er sah, wie ich bei diesen Worten vor Angst schluckte. »Ich weiß, dass ich sehr viel von Euch verlange.«

Er bat mich, so schnell durchs Wasser zu schlüpfen, dass ich eins mit dem Element werden würde. Dabei würde ich Jahre meines Lebens verlieren. Ich hatte meinen Söhnen zwar oft gesagt, dass dieser Tag einmal kommen könnte, dennoch bezweifelte ich, dass sie es wirklich verstanden hatten. Bis zu diesem Zeitpunkt hatte ich bereits einiges an Lebenszeit eingebüßt, und niemand vermochte zu sagen, wie viel älter ich bei meiner Rückkehr sein würde.

»Es ist Euer Recht, das von mir zu verlangen«, antwortete ich. Und sobald ich den ersten Schock überwunden hatte, sah ich ein, dass es unumgänglich war. Vermutlich war die Stadt nur zu retten, wenn ich sie rechtzeitig vorwarnte. »Darf ich Euch im Gegenzug um einen kleinen Gefallen bitten?«

»Natürlich.«

»Kümmert Euch bitte um meine Söhne, solange ich weg bin. Wir haben ausgemacht, dass ich rechtzeitig zurückkomme, um sie in die Schule zu bringen, und wenn ich nicht da bin …« Die beiden hatten bereits aufwachen und erfahren müssen, dass ihr Vater gestorben war. Ein weiteres Erlebnis dieser Art wollte ich ihnen ersparen. Sie würden sich so oder so Sorgen machen, aber vielleicht konnte sie ja jemand beruhigen.

»Wird gemacht«, sagte er.

»Ich danke Euch. Und …« Ich brachte die Worte nicht über die Lippen. »Egal. Wir haben keine Zeit zu verlieren.«

»Nein, sprecht weiter. Eine zusätzliche Frage habt Ihr Euch allemal verdient. Und auch eine Beförderung, sobald wir wieder Zeit für so etwas haben.«

»Wisst Ihr, wer sie sind? Oder warum sie uns angegriffen haben?«

Der Pelenaut schüttelte den Kopf. »Ich habe noch nie von ihnen gehört. Bislang habe ich sie noch nicht einmal mit eigenen Augen gesehen, aber nach allem, was ich höre, sind es ganz bestimmt keine Hathrim.«

»Nein. Sie ähneln keinen der Giganten, die wir kennen.«

Der Pelenaut zuckte ratlos mit den Schultern. »Ich hatte keine Ahnung, dass es sie gibt. Daher frage ich mich, woher sie kommen und wie sie von unserer Existenz erfahren haben.«

»Dann versiegle ich meine Fragen in einem Krug und öffne ihn nach meiner Rückkehr. Mögen Euch die Strömungen gewogen sein, Pelenaut Röllend.«

»Das wünsche ich Euch auch, Gerstad du Böll.«

Wenige Minuten später war ich bereits wieder im Meer und hielt mich in nördlicher Richtung. Wie üblich schlüpfte ich durchs Wasser, indem ich es vor mir zur Seite schob und es an meinem Körper entlang nach hinten gleiten ließ. Aber diesmal stieß ich so fest, dass aller Widerstand verschwand und ich selbst zu einem Teil des Meeres wurde. Meine Uniform entglitt mir und blieb trudelnd in meinem Kielwasser zurück. Ich wurde zur Flut, die auf die Stadt Festwyf zurollte, wo sich der Fluss Grabwasser durch den neu gebauten Schleusenkanal in den Ozean ergießt.

Diese Art zu reisen kostete mich sehr viel Lebenszeit – und auch andere, weniger wichtige Dinge wie mein Glasmesser. Erst als ich auf Süßwasser stieß, erwachte ich aus meiner Gezeiten-Trance. Während ich langsamer wurde, spürte ich in meinen Organen und den Knochen das schmerzhafte Ziehen eines verlorenen Jahres – vielleicht auch mehrerer – und tauchte auf.

Festwyf lag so ruhig da, dass ich einen Moment lang hoffte, hier wäre alles in Ordnung. Auf den Mauern und am Hafen brannten die Feuerschalen. Ganz so, wie es sein sollte. Als ich jedoch genauer hinsah, entdeckte ich Leichen, die in der Nähe dieser Lichtquellen über den Zinnen hingen. Der Fluss war dunkel von Blut, und nicht weit vom Hafen entfernt schaukelten Leichen in den Strömungswellen. Als ich zu den Anlegestellen blickte, sah ich dort eine Flotte der Gigantenschiffe, die in einer langen Reihe bis zum offenen Meer vor Anker lagen.

Aber ich vernahm keine Schreie oder Kampfgetöse und hörte auch nichts, was auf eine Siegesfeier hindeutete. Genau genommen drangen überhaupt keine Geräusche aus der Stadt. Nur das Plätschern der Wellen war zu hören, und zum allerersten Mal in meinem Leben empfand ich es nicht als tröstlich.

An der Hafenmauer zog ich mich aus dem Wasser. Da hier alle tot waren, musste ich mir über Sitte und Anstand wohl kaum den Kopf zerbrechen. Überall um mich herum lagen die Leichen von Bryntern und Giganten. Die Brynter waren jedoch deutlich in der Überzahl. Die Giganten hatten Festwyf ebenso überrascht wie Pelemyn, nur dass hier kein Tidenhüter stationiert war, der sie am Anlegen hatte hindern können. Von Pelenaut Röllend abgesehen, gab es im Süden bloß noch zwei weitere Tidenhüter, in Setyrön und Hillegöm, und ich konnte nur hoffen, dass sie wie ich zur rechten Zeit auf dem Posten sein würden.

Ich kniete mich neben einen Eindringling, dem drei Pfeile aus der Brust ragten, und begann, ihn und seine Kameraden eingehender zu mustern. Bislang hatte ich dazu noch keine Gelegenheit gehabt. Sie waren teigig aussehende Männer, allesamt zwischen sieben und neun Fuß groß, und hatten sehnige Muskeln. An den Beinen trugen sie weder Rüstungen noch Hosen, was ich ein wenig obszön fand. Unter ihre Fußsohlen war irgendein grobes Fasermaterial geschnürt. Um ihre Lenden hatten sie Stoffstreifen gewickelt, und darüber trugen sie einfache, an der Taille gegürtete Unterhemden. Vor Brust und Rücken hatten sie sich Matten aus flachen Rippenknochen geschnallt. Diese Rippen waren zu groß und zu breit, um von Menschen zu stammen, wie ich ursprünglich befürchtet hatte. Über ihre Schultern und um die Oberarme hatten sie ähnliche, wenn auch kleinere Knochen gebunden.

Sie trugen keine Helme, aber nicht, weil es ihnen an

Stahl mangelte. Ihre Schwerter waren solide gefertigt. Bis auf die Griffe, die nicht mit Leder, sondern mit fadenscheinigem Stoff umwickelt waren. Da erst fiel mir auf, dass sie überhaupt kein Leder trugen. Sogar ihre Gürtel bestanden aus geflochtenen Fasern.

In Gedanken setzte ich das auf die wachsende Liste der Dinge, die mir an diesen Giganten widersprüchlich erschienen: Obwohl sie lediglich über grob gezimmerte Schiffe verfügten, waren sie so versierte Seefahrer, dass sie im Verlauf einer einzigen Nacht an verschiedenen Orten einen koordinierten Angriff durchführen konnten. Aber wieso ließen sie ihre Schiffe verwaist an den Ankertauen liegen? Wo waren die Invasoren jetzt?

Ich hob das Schwert des Giganten auf. Es war zwar ein wenig schwer für mich, aber vielleicht würde es sich noch als nützlich erweisen. Dann ging ich barfuß über den Holzsteg auf die Stadtmauer zu. Niemand stellte sich mir in den Weg. Die Tore standen weit offen und gaben den Blick auf die Leichen frei, die aufgehäuft dalagen und in den Himmel hinaufstarrten – viele von ihnen in unnatürlich verrenkten Posen, die kein lebender Mensch einnehmen konnte. Und ich wusste, dass sich mir überall in der Stadt der gleiche Anblick bieten würde.

Hin und wieder stieß ich auf beleuchtete Gebäude, von denen ich ein paar untersuchte. Aber anstelle von Überlebenden fand ich jedes Mal nur die niedergemetzelten Bewohner im Schein unbeaufsichtigter Kerzen oder herunterbrennender Feuer. Die Oberhäupter dieser Stadt trieben dicht an dicht in der Quelle.

Mir fiel auf, dass viele Menschen in ihren Betten erschlagen worden waren. Bryn steh uns bei, sie hatten selbst die Kinder ermordet. Die Giganten hielten also nichts davon, die Bevölkerung mit Kriegsgeheul aufzuwecken. Gut möglich, dass die Bewohner Pelemyns, die weit entfernt von der Hafenmauer lebten, vom Angriff auf unsere Stadt noch gar nichts mitbekommen hatten.

Ich überlegte, was ich bislang in Pelemyn und Festwyf gesehen hatte: Die Giganten griffen jeden an, den sie sahen. Darüber hinaus schienen sie jedoch keine klaren militärischen Ziele zu verfolgen. Sie beluden ihre Schiffe nicht mit Plündergut, also waren sie nicht hinter unserem Wohlstand her. Aber genauso wenig wollten sie erobern und uns beherrschen. Stattdessen waren sie gekommen, um uns auszulöschen. Und es hatte weder Drohgebärden noch wütendes Toben oder auch nur einen Hauch von Diplomatie gegeben, bevor sie anfingen, uns mit ihren Klingen das Fleisch zu zerschneiden und die Knochen zu zertrümmern.

»Womit haben wir das verdient?«, fragte ich mich fassungslos. »Warum wollen sie uns alle abschlachten?« Ich stellte die Frage laut, aber die Toten gaben mir keine Antwort.

Vielleicht gab es ja irgendwo noch ein paar Verstecke mit Überlebenden – ich hoffte inständig, dass dem so war –, aber ich befand mich nicht auf einer Rettungsmission. Meine Aufgabe war es, die Giganten aufzuspüren, und die waren bereits weitergezogen. Also musste auch ich weiter, obwohl ich im Moment nichts lieber getan hätte, als hierzubleiben und um die Toten zu weinen.

Ich kehrte zum Grabwasser zurück, wo ich mitsamt dem Gigantenschwert in die Fluten sprang und flussaufwärts schlüpfte. Unterwegs hielt ich den Kopf über Wasser und ließ das südliche Ufer nicht aus den Augen. Auf dieser Seite verlief die Handelsstraße. Sie war so breit, dass eine Armee in zügigem Tempo auf ihr vorankommen konnte.

Ungefähr sechs Meilen weiter entdeckte ich die Giganten. Sie waren gerade dabei, im Mondlicht und Fackelschein ein Lager aufzuschlagen, und ich sah, dass sie die Speisekammern der Stadt geplündert hatten und einen beeindruckenden Tross aus Wagen hinter sich herzogen, die sie ebenfalls aus Festwyf gestohlen hatten.

Es war mir nicht möglich, sie zu zählen, aber ich war sicher, dass es viele Tausende sein mussten, und sie erstreckten sich ein ganzes Stück am Flussufer entlang. Offenkundig hatten sie vor, in hohem Tempo die Handelsstraße entlangzumarschieren und nacheinander alle Städte am Fluss zu überfallen. Sie führten keine Belagerungswaffen mit und benötigten sie auch nicht, da sie sich auf das Überraschungsmoment und ihre Überzahl verlassen konnten.

Meine Befehle lauteten, die Lage in Festwyf zu erkunden und herauszufinden, wo die Armee war. Streng genommen hatte ich meinen Auftrag also bereits erledigt und hätte nun heimkehren sollen. Doch der Pelenaut hatte mich auch angewiesen, Festwyf, wenn möglich, zu alarmieren. Das war nun zwar nicht mehr möglich, aber dafür war ich im Moment die Einzige, die Fornyd eventuell noch rechtzeitig vor der heranrückenden Armee warnen konnte.

Ich hatte keine Ahnung, wer Fornyd im Namen des Pelenauten verwaltete, doch er oder sie würde wahrscheinlich Beweise für meine Behauptungen einfordern – trotz meines Kennings und der Tatsache, dass der Pelenaut mich schickte. Hoffentlich würde das Schwert, das ich aus Festwyf mitgenommen hatte, genügen.

Ich schwamm vom Ufer weg und in die Mitte der Strömung, wo ich schneller vorankommen würde. Aber als ich gerade damit beginnen wollte, wieder flussaufwärts zu schlüpfen, hörte ich einen überraschten Aufschrei.

Ich fuhr herum und erspähte einen dieser Unholde, der mit offenem Mund an der Uferböschung stand und in das fließende Wasser urinierte. Sein Gesicht mit dem aufgemalten Totenschädel glotzte mich ungläubig an. Ich hätte einfach weiterschwimmen können – und vielleicht wäre das auch besser gewesen –, doch stattdessen wurde dieser Feind zur Zielscheibe meiner aufgestauten Wut über alles, was ich in Festwyf gesehen hatte. Ich wollte dafür jemanden zur Rechenschaft ziehen, und er war dort gewesen. Er hatte sich an dem Gemetzel beteiligt, und jetzt stand er hier vor mir.

»Du hast so viel Blut vergossen«, knurrte ich ihm durch zusammengebissene Zähne zu, obwohl ich nicht wusste, ob er mich überhaupt verstand. »Jetzt wirst du darin ertrinken!«

Sein Körper bestand zum größten Teil aus Wasser, so wie der aller Lebewesen. Also konzentrierte ich mich auf die kleinen Flüssigkeitseinlagerungen zu beiden Seiten seiner Brust und zog ein kleines bisschen an ihnen. Im nächsten Moment ergoss sich Blut aus den Gefäßen in seine Lungenflügel und füllte sie mit jedem Schlag seines Herzens. Er versuchte noch einmal zu schreien, brachte jedoch nur ein feuchtes Husten zustande. Zuletzt gab er einen gurgelnden Laut von sich und brach tot zusammen. Ich wartete darauf, dass ich mich nun besser fühlen würde … dass mein Hunger nach Gerechtigkeit befriedigt sein würde. Aber vergeblich. Es war nicht meine Pflicht gewesen, dieses Leben im Zorn auszulöschen. Und ich bereue es noch heute, auch wenn er den Tod wahrscheinlich verdient hatte.

Auf dem Weg flussaufwärts bewegte ich mich langsamer als zuvor, da ich die Umgebung erkunden wollte. Unterwegs hielt ich dreimal an, um Händler in ihren Zeltlagern am Ufer aufzuwecken. Ich rief ihnen zu, dass sie sich sofort nach Fornyd begeben sollten, weil sie andernfalls von einer Armee niedergemetzelt würden. Sie stellten meine Autorität nicht infrage. Immerhin trieb ich im Fluss, ohne von seiner Strömung bewegt zu werden oder sichtbar gegen die Fluten anzuschwimmen. Und sie wussten, dass eine Tidenhüterin nur wegen eines echten Notfalls aus dem Wasser auftauchen würde.

Im Morgengrauen erreichte ich schließlich den Hafen von Fornyd. Als ich die Stadt mit den Augen eines Eroberers betrachtete, sah ich in ihr einen fetten Fisch, der fast widerstandslos in meinen Suppentopf springen würde. Im Vergleich zu den Befestigungen der Küstenstädte waren die Mauern hier weder besonders hoch noch dick. Bei einem Überraschungsangriff würde Fornyd rasch fallen. Vielleicht sogar, wenn die Stadt vorgewarnt war. Die Giganten würden die Mauern im Nullkommanichts einnehmen, und ihre Armee zählte vermutlich mehr Krieger, als insgesamt Bürger in der Stadt lebten. Fornyd war eher ein aufstrebender Marktflecken als eine richtige Stadt, ein Warenumschlagplatz für die Bauern aus dem Süden, Osten und Westen.

Die Lungenschleusen waren schon seit Jahren nicht mehr benutzt worden – vielleicht seit meinem letzten Besuch nicht mehr, als ich eine junge Tidenhüterin gewesen war und meine Antrittsrunde durch den Fluss gemacht hatte. Sie waren mit Sedimenten verkrustet, und es erforderte einige Kraft, die äußere Luke zu öffnen. Im Inneren waren die Schleusen jedoch ungewöhnlich sauber. Auf jeden Fall sauberer als die von Pelemyn, die häufig benutzt wurden. Der schläfrige Matrose, der am anderen Ende der Schleuse Wache hielt, war sehr überrascht, als ich vor ihm erschien. Er sprang auf und stieß einen wenig würdevollen Laut aus, ehe er sich daran erinnerte, dass er angemessen reagieren sollte, falls jemals ein Tidenhüter auftauchte.

»Ich, ähm. Verzeihung, Matrosin. Äh, *Tidenhüterin*, wollte ich natürlich sagen. Entschuldigung. Was kann ich für Euch tun?«

»Ich bin so schnell geschlüpft, wie ich konnte, und bringe wichtige Neuigkeiten. Könntest du mir bitte einen Umhang reichen?«

»Oh! Ja! Selbstverständlich! Entschuldigt bitte!« Er drehte sich zur Wand um, wo für genau solche Gelegenheiten ein Umhang hing. Dann nahm er ihn vom Haken und reichte ihn mir, wobei er den Blick höflich abgewandt hielt. Nachdem ich aus dem Becken gestiegen war und mir das Kleidungsstück übergestreift hatte, führte er mich zur Quelle und bat mich zu warten, während er die Quartiermeisterin der Stadt verständigte. Da es recht früh war, vermutete ich, dass sie noch schlief.

Doch kaum eine Minute später war sie bereits da. Eine Frau in den Vierzigern, die das Haar so kurz trug wie ich. Sie hatte sich hastig einen blauen Morgenrock übergeworfen und rieb sich den Schlaf aus den Augen, neugierig, was ich zu sagen hatte. Sie war mir sofort sympathisch. Andere hätten mich warten lassen.

»Um was geht es?«

»Ich bin Gerstad Tallynd du Böll und komme auf Befehl des Pelenauten«, stellte ich mich vor.

»Quartiermeisterin Farlen du Canym. Welche Nachrichten bringt Ihr uns?«

Ich hielt die Klinge in die Höhe. »Während wir sprechen, befinden sich ungefähr zehntausend Giganten mit solchen Schwertern auf dem Weg hierher. Festwyf ist bereits gefallen, und Ihr seid als Nächstes dran.«

Sie erschauderte und sah mich kurz mit geweiteten Augen an, ehe sie sich wieder fasste und die Hände verschränkte. »Die Hathrim sind hierher unterwegs?«

»Nein, das sind keine Hathrim. Sie sind nicht größer als neun Fuß und stammen von jenseits des Meeres. Solche wie sie haben wir noch nie zuvor gesehen.«

Ich schilderte ihr, was während der Nacht geschehen war, und schlug vor, dass sie außer den Bürgern von Fornyd auch die anderen Flussstädte und vielleicht sogar Rael alarmierte. Pelemyn würde für alle, die nicht bleiben wollten, eine sichere Zuflucht sein. Da die Lage noch unübersichtlich war, konnte ich nicht für die anderen Städte sprechen, aber ich war davon überzeugt, dass Pelenaut Röllend in meiner Abwesenheit in Pelemyn für Sicherheit sorgte.

»Setzt Bogenschützen und, wenn nötig, auch Speerträger ein«, sagte ich. »Haltet sie auf Distanz, da sie euch im Nahkampf mit ihrer Kraft und diesen Waffen überlegen sind. Dieses Schwert hier lasse ich Euch da, damit Eure Matrosen es sich ansehen können.«

»Ihr lasst es da? Ihr geht weg?« Ich glaubte fast, einen Anflug von Panik in ihrer Stimme zu hören. Allerdings hatte ich nicht den Eindruck, dass sie jemand war, der sich schnell erschüttern ließ. Vielleicht war es ja auch nur Stress, wofür ich großes Verständnis hatte.

»Ich muss dem Pelenauten Meldung erstatten und von Festwyf berichten. Ich werde ihm sagen, dass ich

Euch gewarnt habe und dass Ihr hoffentlich die anderen Flussstädte benachrichtigen werdet.«

»Natürlich, darauf könnt Ihr Euch verlassen. Aber … ich habe hier nur sehr wenige Matrosen, und kaum einer von ihnen ist gesegnet – abgesehen von einer Handvoll Schnellen. Gegen zehntausend Angreifer haben wir nicht den Hauch einer Chance.«

»Ich weiß, Quartiermeisterin. Aber diesen Krieg müsst ihr auch nicht allein gewinnen. Pelenaut Röllend würde das nie von euch erwarten. Die Ereignisse überschlagen sich gerade, sodass euch niemand helfen kann, und ich bin sicher, dahinter steckt Absicht. Sie rücken so schnell vor, um die einzelnen Städte unvorbereitet zu treffen. Aber Ihr habt jetzt die Chance, viele Menschen zu retten. Tötet ein paar Angreifer, wenn Ihr könnt. Meiner Meinung nach solltet Ihr aber ernsthaft über eine Evakuierung nachdenken. Wenn die Giganten hier genauso vorgehen wie in Festwyf, werden sie die Stadt intakt lassen und lediglich die Lebensmittelvorräte plündern. Sie haben keine Reiterei und kennen die Umgebung nicht so gut wie Ihr. Sie marschieren bloß die Straße entlang und töten jeden, der sich ihnen entgegenstellt. Ich rate Euch also, ihnen aus dem Weg zu gehen.«

Sie nickte und stieß den angehaltenen Atem aus. »Ich verstehe, Gerstad. Wenn die Flut kommt, sollte man sich auf eine Anhöhe begeben.«

Da wusste ich, dass Fornyd in guten Händen war. »Genau. Und eine Flut ist nichts anderes als Bryns Ermahnung, dass wir solider bauen müssen. Sobald sie wieder abgeflossen hat, werden wir alles neu errichten.« Ich verbeugte mich. »Und wenn ich einen Vorschlag machen darf: Tarnt alle Brunnen. Lasst sie aus dem

Grabwasser trinken. Da sie nicht von hier sind, haben sie vermutlich keine Ahnung, woher der Fluss seinen Namen hat. Wahrscheinlich wissen sie noch nicht mal, wie er heißt.«

Sie sah mich überrascht an. »Oh! Ja, das werden wir tun.«

»Mögen Euch die Strömungen gewogen sein.«

»Das wünsche ich Euch auch.«

Noch bevor ich den Raum verließ, rief sie nach ihren Bogenschützen und Brandungsleuten. Ich hängte indes den Umhang wieder an den Haken und tauchte durch die Schleusen zum Grabwasser, wo ich erneut meine fleischliche Gestalt aufgab und zu einem Teil der Strömung wurde, mit der ich nach Pelemyn zurückfloss.

Es war Vormittag, als ich die Lungenschleusen zum zweiten Mal an diesem Tag durchquerte. Die Matrosin, die bereits in der Nacht Wache gehalten hatte, war immer noch da. Sie wirkte besorgt, als sie mir aus dem Becken half.

»Was ist los?«, fragte ich mit rauer Stimme. »Wie schlimm ist es?« Während ich das Wasser von meiner Haut abperlen ließ und die Matrosin mir einen Umhang um die Schultern legte, bekam ich einen Hustenanfall. Alles tat mir weh. Ein stechender Schmerz schoss durch meinen Bauch, als steckte eine Harpune in meinen Eingeweiden. Meine Finger und Zehen fühlten sich wie Nadelkissen an, und mein Rückgrat schien von einem Schraubstock zusammengepresst zu werden. Ich hatte nicht mehr genug Kraft im Rücken und den Beinen, um aufrecht zu stehen. Zunächst kniete ich noch, aber als mir auch das zu viel wurde, kippte ich zur Seite und rollte mich zu einer Kugel zusammen.

»Ich … Ach, nichts, Gerstad«, sagte sie. »Vergebt mir.

Willkommen zu Hause. Kommt erst mal wieder zu Atem.« Sie tätschelte mir die Schulter, als wäre ich ein kleines Kind. Es war uns beiden peinlich, aber offenkundig wusste sie nicht, was sie sonst tun sollte.

»Sag es mir«, keuchte ich, noch immer auf dem Boden zusammengekrümmt. Wir befanden uns hinter dem Korallenthron, und wenn mein Hustenanfall nicht zu laut gewesen war, hatte bislang niemand sonst meine Ankunft bemerkt. »Ich muss es wissen, bevor ich mein Spiegelbild sehe. Und auch bevor mich die anderen sehen, damit ich mich auf ihre Gesichter gefasst machen kann. Deines sieht freundlich aus.« Sie presste die Lippen aufeinander und schüttelte den Kopf. »Bitte, du tust mir damit einen großen Gefallen.«

Die Matrosin verzog das Gesicht. »Ihr scheint inzwischen Mitte vierzig zu sein, Gerstad«, sagte sie. »Na ja, oder Ende vierzig. Es tut mir leid.«

Fast fünfzig also. Als ich am Vortag aufgewacht war, hatte ich noch wie Mitte dreißig ausgesehen. In Wahrheit war ich jedoch neunundzwanzig.

Ob mich meine Jungs überhaupt noch erkennen würden, wenn ich heimkam? Um nicht weiter über diese Frage nachdenken zu müssen, bedankte ich mich rasch mit einem Nicken und streckte den Arm aus. Die Matrosin ergriff ihn und half mir hoch. Dann wartete sie geduldig ab, während ich mich auf sie stützte und versuchte, zu Kräften zu kommen.

»Gut«, sagte ich schließlich und richtete mich mit geballten Fäusten gerade auf. »Ich muss zur Quelle und Bericht erstatten. Mögen dir die Strömungen gewogen sein.«

»Euch auch.«

Von meinem eigentlichen Bericht ist mir wenig im

Gedächtnis geblieben. Ich erinnere mich an den Schrecken und das Mitleid in den Gesichtern des Pelenauten und der Lunge, als sie mich sahen. Und ich weiß noch, wie sie sagten, Gönerled sei ebenfalls gefallen, weil ich daran denken musste, dass meine Schwester dort lebte. Das war natürlich nicht alles, aber den Rest habe ich vergessen.

»Ich möchte, dass Ihr nach Hause geht und Euch ausruht«, sagte Pelenaut Röllend. »Kommt morgen früh wieder.«

Der Heimweg über die Kopfsteinpflasterstraßen war mühsam, und mir taten die Knie weh. Obwohl die Sonne schien, zog ich die Kapuze meines Umhangs tief ins Gesicht und hielt den Kopf gesenkt, um von niemandem gesehen zu werden, den ich kannte. Auf keinen Fall wollte ich darüber sprechen, was geschehen war und warum ich so alt aussah.

Die Leute taten die gleichen Dinge wie an jedem anderen Vormittag. Sie kauften Äpfel auf dem Markt und feilschten um Küchengewürze. Lehrlinge erledigten Besorgungen für ihre Meister und lachten über unanständige Witze. Noch ahnten sie nicht, dass in der vergangenen Nacht ganze Städte ausgelöscht worden waren, und wussten vielleicht noch nicht einmal, dass Pelemyn diesem Schicksal nur knapp entronnen war. Aber in diesem Moment war die glückselige Normalität wie eine gelebte Erinnerung daran, was Brynlön gerade verloren hatte. Am nächsten Tag würde es nicht mehr so sein, und auch nicht in absehbarer Zukunft. Für mich war es, als blickte ich in die Vergangenheit. Diese Menschen wirkten wie Geistererscheinungen aus besseren Zeiten.

Und als ich sie so glücklich sah und wusste, dass sich

das bald ändern würde und wie viele bereits gestorben waren – darunter auch meine Schwester –, begann ich zu weinen.

Bislang hatte ich keine Gelegenheit dazu gehabt, da ich mit meinen Pflichten beschäftigt gewesen war und das Ausmaß des Ganzen noch gar nicht erfasst hatte. Natürlich war ich wütend gewesen, aber als ich jetzt allein nach Hause ging und als Einzige begriff, dass dies die letzten Stunden unseres alten Lebens waren, übermannte mich die Trauer, bis ich kaum noch Luft bekam. Ich versuchte, nicht laut zu schluchzen, weil ich nicht die Aufmerksamkeit der Leute auf mich ziehen und sie um ihre letzten glücklichen Momente bringen wollte.

Doch als ich zu Hause war und die Tür hinter mir geschlossen hatte, brachen sämtliche Dämme. Ich ließ mich auf den Boden sinken und weinte – um Festwyf, Gönerled und die anderen Städte. Um meine Schwester, die Matrosen, die auf den Mauern von Pelemyn gestorben waren, und um die Gefallenen unten beim Hafen. Um meine verlorene Zeit und weil ich wusste, dass sich mein Leben noch weiter verkürzen würde, ehe das hier vorüber war. Um die Jahre, die ich nicht mehr mit meinen Söhnen verbringen würde. Mir war klar, dass ich die Geburt meiner Enkelkinder nicht mehr erleben würde. Und auch das beweinte ich. Aber gleichzeitig wusste ich, dass weder ich noch irgendwer sonst Enkelkinder haben würde, wenn ich nicht meinen Pflichten nachkam.

Das Schlimmste waren jedoch die vielen Dinge, die ich *nicht* wusste. Wer waren diese Giganten, und weshalb hatten sie uns angegriffen? Und wie hatten sie es geschafft, mit einer so großen Flotte den Ozean zu überqueren?

Nach einer Weile stand ich mühevoll auf und schleppte mich in die Küche, wo ich eine Nachricht meiner Nachbarin fand: *Den Jungs geht es gut. Sie sind in der Schule. Schlaf gut! – Perla*

Und darunter stand: *Ich habe persönlich nach ihnen gesehen. Sie sind in Sicherheit. – Föstyr*

Den Strömungen sei Dank. Ich fragte mich, wie lange der Schulbetrieb noch weitergehen würde. Gut möglich, dass heute auch für meine beiden Jungs der letzte glückliche Tag war. Ich hoffte, dass sie sich gern an ihn erinnern würden. Und dass meine Söhne, wenn sie heimkehrten, ihre alte Mutter genauso lieb haben würden wie die junge Frau, von der sie sich gestern verabschiedet hatten.

Ich wischte mir die Tränen von den Wangen und hoffte, dass niemand meine Gefühlsanwandlung bemerkt hatte. Aber dann erkannte ich, dass ich nicht als Einziger weinte. Anscheinend erinnerten wir uns gerade alle an die letzten glücklichen Stunden, bevor wir von der Invasion erfuhren, und daran, wie schön und friedlich unser Leben zu diesem Zeitpunkt noch gewesen war. Und als der Barde sein Scheinbild auflöste, brach das Feld der Überlebenden in Jubel aus, der allerdings nicht so sehr ihm, sondern vielmehr Tallynd galt, die nun winkend auf die Bühne zurückkehrte und uns Kusshände zuwarf.

Sie weinte ebenfalls, und ich verstand nun, warum der Barde die Geschichte an ihrer Stelle hatte erzählen müssen. Niemand hätte von ihr verlangen können, diese Erinnerungen vor Publikum wiederaufleben zu lassen. Ihre grauen Schläfen waren mir schon zuvor aufgefallen, doch ich hatte sie in meiner Unwissenheit für ein Zeichen ihres wahren Alters gehalten. Wie die meisten

Menschen hatte auch ich gehört, dass die Tidenhüterin uns in der Nacht der Invasion gerettet hatte. Aber ich hatte keine Ahnung gehabt, welchen Preis sie dafür bezahlen musste und dass sie eine neunundzwanzigjährige Witwe mit zwei kleinen Söhnen war.

Soweit ich weiß, sind mit allen Segnungen gewisse Bürden verbunden. Die Hygieniker altern zwar nicht wie die Tidenhüter, aber sie entwickeln einen regelrechten Zwang, wenn es um Verunreinigungen und Infektionen geht. Ständig schrubben sie sich die Haut ab, da sie beinahe alles als unrein empfinden.

Doch außergewöhnliche Opfergaben wie die von Tallynd sollten gewürdigt und belohnt werden. Und während ich mir gerade vornahm, den prächtigsten Geschenkkorb aller Zeiten für sie zusammenzustellen, kletterte auch schon Pelenaut Röllend zu Tallynd und Fintan auf die wacklige Kistenbühne. Tatsächlich *hatte* er einen unglaublich prächtigen Geschenkkorb für sie mitgebracht, wofür ihm alle versammelten Brynter, die über dasselbe nachgedacht hatten, sehr dankbar waren. Fintan verstärkte die Stimmen der beiden, und da erfuhr ich, was die Abzeichen auf Tallynds Uniform bedeuteten und dass sie wie bereits erwähnt für einen neuen militärischen Rang standen. Sie war nicht länger eine Gerstad.

»Stellvertretende Könstad Tallynd du Böll, fast jeder in Hörweite verdankt Euch sein Leben, und wir alle wissen das. Würde ich Euch nicht *hier und jetzt* diesen Präsentkorb überreichen, wäre Euer Haus bis morgen bestimmt unter einem ganzen Berg davon begraben.« Die Menge reagierte mit gelöstem Gelächter und Jubelrufen. »Bitte empfangt ihn als Zeichen der Dankbarkeit Eures Pelenauten sowie unseres gesamten Volkes.«

Tallynd nahm halb lachend, halb weinend ihr Geschenk entgegen. »Ich danke Euch. Euch allen. Das ist der schönste Geschenkkorb, den ich je bekommen habe, und er wird in meinem Haus einen Ehrenplatz erhalten.«

Dafür bekam sie noch mehr Applaus, weil sie alles verdiente, was wir ihr geben konnten, aber schließlich verließen sie und der Pelenaut winkend die Bühne, und Fintan blieb allein zurück.

»Morgen geht es weiter«, versicherte er uns. »Aber dann werdet ihr Geschichten aus dem fernen Westen hören! Mögen die Götter aller Kennings euch und eure Lieben bis dahin behüten!«

Jubelrufe folgten dem Barden, während er im Licht der untergehenden Sonne von den Kisten stieg und einen großen Schluck Nebelmaid-Bier trank. Die Frau vom *Sirenengesang* war keinen Schritt von der Bühne gewichen. Er dankte ihr und bat sie, ihm den Weg zu Meister Yöndyrs Gasthaus zu weisen. Dann drehte er sich zu mir um.

»Begleitet Ihr mich, Meister Dervan?«

»Auf jeden Fall.«